U0928674

煮海成盐

盐，文化的结晶

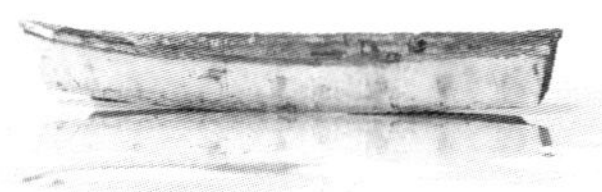

陈益　著

上海人民出版社

盐，平凡而神奇，朴素而精美。古往今来，它不仅是生活之需、行商之品，同时向社会的各个领域——财税、科技、建筑、艺术乃至政治渗透。煮海熬波，形成如珠似玉的盐，更结晶成一种独特的文化。

作者以散文的手法，从文化的角度，讲述了被誉为“国之大宝、百味之祖”的盐和人类休戚相关的历史，与盐有关的妙趣横生的故事，以及林林总总的社会现象，让人从新的层面上认识尽人皆知的盐。

在一个个因盐而生的城镇追随时代步伐，探索新路径，转型升级时，重温盐文化，是不无裨益的。

目　录

因盐而生的古镇

消消停停的黄梅雨中，我穿行在古镇新场的街巷里。

四条河道，两横两纵，将古镇勾连而又划分，构成了“井”字形格局。石板街面泛起潮润的光泽，蜿蜒伸长，足足有好几里。偶一抬头，发现街边有一撒尿的孩童塑像，仔细看去，才知道是在演绎童尿入药的主题，不禁莞尔一笑。

童尿入药

新场，原属南汇，现归于浦东新区。自古以来，人们便在这富庶之地设摊买卖，浣衣洗菜，饮茶听书，过着宁静而悠闲的日子。我看见有两三家酒吧、咖啡屋，在玻璃门上书写与巴西世界杯足球赛有关的词句，令人省悟，现代文明并不遥远。

随潮汐涨退的河道，

露出水面的印痕，驳岸、马鞍水桥和缆船石显得愈加醒目。依水而筑的民居，黛瓦粉墙，翘角飞檐，在两岸蜿蜒铺展。高高的观音兜和马头墙，于天际线耸峙，独具风姿。古镇昔日的繁华，或许可以从众多明清时期的仪门显现。这些仪门并不临街，而是躲藏在店铺之后，接着才是颇具气派的厅堂和厢房楼。改建于清宣统年间的张氏宅第，四进院落，极为精致典雅。仪门两侧竟是典型的罗马柱，门窗还用彩色玻璃镶嵌，显示出中西合璧的风格，这不能不让人明白，欧风东渐，远远不止是在十里洋场。

新场，在宋代是下沙盐场的南场，是盐民们煮海熬波、制作食盐的场所。随着盐业的兴盛，来自徽州和其他地方的商人盐贩，携家带口纷纷聚居于此，修筑房屋，使之成为浦东第一大镇。镇区四处是歌楼酒肆，笙歌弦唱，其繁华程度一度超过上海县城，甚至有“十三牌楼九环龙，新场古镇赛苏州”的美誉。后来，海滩慢慢长出去了，盐场逐渐衍化成盐民居住和交换商品的地方，古镇的富庶、静谧、悠远仍绵延不绝。一个典型的例子是清光绪二十八年，这里就有了女子学堂。这显然是比其他地方开明的。

如今，这个因盐而生、因盐而兴的古镇，已难觅卤风盐气，却仍然保存着 15 万平方米的成片古建筑，古民宅有 100 多幢，住宅古仪门有 69 座，元、明、清时代的石驳岸长达 1 200 米。不只是因为区域比其他古镇大，更因为它保留了许多独有的盐文化遗存。

在老街上，我参观了历史文化陈列馆、以近代上海发展为主题的收藏展，和几处由民居改建的休闲场所，又用一个旅游者的目光，仔细打量古镇景象。

高高的“三世二品”石牌楼下，农户在地摊上展示着肥硕的浦东鸡和丰润欲滴的南汇水蜜桃。一群上了年纪的人，手捧茶壶，坐在木桥的廊棚里，用浓重的浦东方言相互调侃逗趣，享受着无穷的休闲情致。在街巷里走不多远，就可能见到一块表示保护建筑的标志牌。一座普通的院落里，安置着浦东派琵琶传习所。一间看似寻常的店铺，则传承着浦东土布纺织技艺。从锣鼓书、江南丝竹、南汇灶花、卖盐茶等这些“非遗”项目，不难领悟，在这个因盐而生的古镇，老百姓该是生活得怎样有滋有味、多姿多彩！

当地的朋友说起了顾绣。

顾绣是上海著名的传统工艺，与苏绣、蜀绣、湘绣、粤绣一起并称为中国五大名绣。但顾绣从一开始就有别于苏、蜀、湘、粤

“三世二品”牌楼

四大名绣，它专绣书画作品，把宋绣中传统的针法，与国画笔法相结合，以针代笔，以线代墨，勾画晕染，浑然一体，别具异彩。

顾绣的发源地究竟在哪里？

一般的说法，是起源于明代松江地区的顾氏家族。明代嘉靖年间，松江府的进士顾名世，晚年在上海修筑了一座林园居住，取名“露香园”。顾氏后裔精于刺绣，绣品精美典雅，技法独到，常常用于家中陈设和馈赠亲友，因此称之为顾绣。

然而，一部清雍正《分建南汇县志》却记载：顾绣的发源地在新场镇绣花坡。绣花坡，位于古镇千秋桥东约一里许，这一带的妇女自古以来便爱好刺绣，人人技艺超卓。明代，随着盐业兴盛，新场镇进入最繁荣的时期，促使刺绣之风有进一步的发展。有一首竹枝词这样写道：

一钩新月制香罗，姊妹相携绮陌过。
怪底踏青鞋样巧，阿侬家住绣花坡。

这无疑是一个很好的证明。

绣花坡，作为南汇刺绣技艺的发祥地，涌现出许多名家里手。当时，韩家就是著名的刺绣世家之一，女儿韩希孟是杰出的代表。用刺绣仿古画的技艺，就是韩家的首创。后来，韩希孟嫁给了顾家，成为顾名世的孙媳妇，将刺绣技艺传到了上海“露香园”，并且发扬光大。所以，后来才有顾绣起源于“露香园”的说法。

我不由暗忖，顾绣起源于哪里，其实并不重要，何况也没有超出上海的区域范围。重要的是对于优秀传统文化，我们今天该如何保护、继承，使之重新焕发活力。

令人感兴趣的是街上熙熙攘攘的人群，大多是新场本地居民。他们按照自己的意愿，做着自己想做的事，而不像别的古镇那样，一眼看去，多半是被电喇叭和各色小旗匆匆驱赶的游客。古镇自在地活着，从未换血。即便是那些让岁月风霜侵蚀得苍颜斑驳的屋宇，也存留着原有的面貌，没有平添崭新的苍白。

古镇水巷

苏州、无锡、常州、杭州、嘉兴、湖州，构成一片历来被称为“苏湖熟，天下足”“上有天堂，下有苏杭”的地区。宋元以来，这里就形成了都会、府城、县城、村镇等多层次的政治与经济结构。它们有着内在的经济联系和共同的发展特点。今天以上海为中心的长江三角洲经济区，在一千年以前就奠定了坚实的基础。与城市紧密相依的水乡古镇，是不可忽视的一环。

明代的苏州府、松江府、杭州府、嘉兴府、湖州府，是财赋重地，商品经济发达，市镇发展十分迅速。据正德《姑苏志》记载，苏州府所属吴县、长洲、昆山、常熟、吴江、嘉定、太仓7个县州，有 74 个市镇。到了清代，江南五府的市镇仍然呈蓬勃发展之势。乾隆年间的市镇，几乎比正德年间增加了一倍。拥有人口万户以上的镇有南浔、盛泽、乌青、王江泾、唯亭、硖石等；拥有人口千户以上的镇有黎里、章练塘、朱泾、同里、周庄、璜泾、震泽等，呈现一派“太平翔洽，聚庐而居，人烟稠密，比屋万家”的情景。

新场是其中之一。

这个因盐而生、因盐而兴的古镇，自有潜藏的巨大优势。即将开幕的迪士尼乐园近在咫尺，野生动物园与之毗邻。彼此间将错位发展，相互补充。

是的，由于开发得比较晚，它享有的知名度，似乎远远不如江浙地区的周庄、南浔、同里、乌镇等古镇，也不如上海地区的朱家角、枫泾、七宝等古镇。但，恰恰因为没有过早开发，新场能从其他古镇的经验教训中，为自己找到一条正确的路子，避免许多曲折……

《四库全书·史部》有一部《熬波图》。

《熬波图》的作者为元代浙江天台人陈椿。陈椿在写作此书时，任下沙场盐司。下沙盐场，元明时期隶属上海县。改属南汇，是从清雍正四年开始的，位于今上海浦东新区新场镇境内。新场，即新的盐场，盐民用海水晒盐的场所。

陈椿听说盐场有兄弟两人想把制盐过程画成图册，却没有完成。他仔细看了初稿，并征求他们同意，实地考察制盐场所，并且找了几个擅长作画的人，然后对原作进行修改，完成了我国第一部叙述海盐制作工艺的著作，图文并茂地描绘盐场的景象和盐工的劳作。“为图四十有七。图各有说，后系以诗。凡晒灰打卤之方，运薪试莲之细，纤悉毕具……”

陈椿在序言中说：

浙之西、华亭东，百里实为下砂。滨大海、枕黄浦、距大塘，襟带吴淞、杨子二江，直走东南，皆斥卤之地。煮海作盐，其来尚矣。宋建炎中，始立盐监……深知煮海渊源，风土异同，法度终始。命工绘为长卷，名曰《熬波图》。将使后人知煎盐之法，工役之劳，而垂于无穷也；惜乎辞世之急。仆曩吏下砂场盐司，暇日访其子讳天禧、号敬斋，于众绿园堂。出示其父所图草卷，披览之余，了然在目，如示诸掌……

诚然，陈椿是匠心独具的，他的《熬波图》，以手绘图像，配文字说明并附诗句的方式，形象生动地叙述古代海盐的制作过程。

当年，佩弦（朱自清）先生对陈椿的作品产生了浓厚的兴趣，曾经下功夫作了仔细的研究。他在《熬波图》（载《小说月报》1927 年第 18 卷第 2 号）一文中，根据图按工序，将整个过程分为十组：

一、各团灶舍、筑垒围墙、起盖灶舍、团内便仓；二、裹筑灰淋、筑垒池井、盖池井屋；三、开河通海、坝堰蓄水、就海引潮、筑护海岸、车接海潮、疏浚潮沟；四、开辟摊场、车水耕平、敲泥拾草、海潮浸灌、削土取平、棹水泼水；五、担灰摊晒、筿灰取匀、筛水晒灰、扒扫聚灰、担灰入淋、淋灰取卤；六、卤船盐船、打卤入船、担载运盐、打卤入团；七、樵斫柴薪、束缚柴薪、砍斫柴薪、塌车檑车、人车运柴、檑车运柴；八、铁盘模样、铸造铁柈、砌柱承柈、排凑柈面、炼打草灰、装泥柈缝；九、上卤煎盐、捞洒撩盐、干柈起盐、出扒生灰；十、日收散盐、起运散盐。

朱自清先生将《熬波图》的价值，归结为政治、学术和艺术三种。

除了这三方面的价值，尤其值得一提的是陈椿在字里行间倾注了自己的情感，处处流露出悯民思想。

陈椿身为盐场监司，职务并不高，但毕竟是一个司盐官员，会受到各种各样的制约。他不是站在官府的角度，而是站在百姓的立场思考，这难能可贵。他说，《熬波图》著述的目的就是“悯民资政”：“将使后人知煎盐之法，工役之劳，而垂于无穷也……有意于爱民者，将有感于斯《图》，必能出长策，以苏民力。于国家之治政，未必无小补云（陈椿《熬波图序》）。”他希望有仁心的官员，看了这些图文能有所启发，想出好办法保护民力。相信对于国家治理，也一定会有帮助。

在《自题〈熬波图〉》诗中，悯民之词随处可见：

钱塘江水限吴越，三十四场分两浙。
五十万引课重难，九千六百户优劣。
火伏上中下三则，煎运春夏秋九月。
程严赋足在恤民，盐是土人口下血。

他不仅仅描写了元代江南海盐的生产状态与规模，关键词是“恤民”。读到“盐是土人口下血”，谁都忍不住为之感慨。

《上卤煎盐》诗云：

竹筒泻卤初上盘，今日起火齐着团。
日煎月炼不得闲，却愁火急柈易干。
火窖去地三尺许，海波顷刻熬出盐。
烹煎不顾寒与暑，半是灶丁流汗雨。

《捞洒撩盐》诗云：

火伏上则盐易结，日烈风高胜他月。
欲成未成干又湿，撩上撩床便成雪。
盘中卤干时时添，要使柈中常不绝。
人面如灰汗如血，终朝彻夜不得歇。

《熬波图》的附诗，深深流露出对盐民艰辛劳作的同情。纵观 47 幅《熬波图》，每一幅都洒满了盐民的辛酸泪。陈椿的民本思想，同样令人为之动容。

朱自清先生说《熬波图》有“政治的、学术的、艺术的三大价值”，这样的评价，丝毫也不过分。

新场镇的南山禅寺，是江南水乡古镇不多见的佛教净地，拥有天王殿、大雄宝殿、圆通宝殿等。终日紫香青烟缭绕，红烛黄烟飘荡，吸引着无数虔诚的香客。

很少有人注意，就在南山寺附近，有一片静谧的园林。园林中筑有亭台楼阁，楼阁中专门置放重印的卷帙浩繁的《四库全书》——当年在乾隆皇帝主持下，由纪晓岚等 360 多位高官和学者精心编撰，费时 13 年编成的巨著。

说起来，纪晓岚当年编撰《四库全书》时，还有过一段插曲。

乾隆四十六年十二月六日，第一份《四库全书》首先告成。乾隆皇帝御文渊阁，赐总裁、总纂、总校等官宴。那天的宴会无疑十分热闹。几个月后，乾隆又谕示，以六年为限，完成第二、三、四份《四库全书》的缮写。另外再缮写三部，安置于扬州的文汇阁、镇江的文宗阁、杭州的文澜阁内。纪晓岚授兵部右侍郎，仍兼任文渊阁直阁事。

然而，情况有了变化。乾隆皇帝在阅读《四库全书》时，发现了一些错讹，立即下旨复校内廷《四阁全书》。如有语言违碍、错乱简编、缮写荒谬过多之处，随报进呈。根据皇帝的谕旨，立即组织 250 多位官员，对文渊、文源两阁的《四库全书》展开全面校阅。

当时，和珅与纪晓岚作对，千方百计抓住他的把柄，给皇帝上奏折。这让纪晓岚承受了巨大的压力。

事实上，确实查出不少毛病，包括缮写差错、字句偏谬、漏写错刻、排架颠倒等等。纪晓岚一一开列了清单。其中，遗失《永乐大典》书三部。三部书中就有《熬波图》。

"《熬波图》谨案：此书元陈椿撰。原本久佚，编修徐天柱从《永乐大典》辑出。今架上未收……"

纪晓岚不顾自己已年逾花甲，仔细对出现错误的书籍进行核实，重新缮写和抽换的一应费用，全部由他个人承担。这让本来就不宽裕的纪府，显得不堪重负。这几年皇帝赏赐的葛布、绸缎，也都拿出去换了现钱，以弥补空缺……

荷珠如玉

这些，都已经是往事了。那天，当我们进入这处园林时，大片的荷花或含苞，或盛开。雨脚刚刚停歇，荷叶上水珠点点，随风浮动，令人想起古人的诗句"攀荷弄其珠，荡漾不成圆"。

显然，修建楼阁置放

《四库全书》，与陈椿的《熬波图》密切相关，也显示了新场人的文化素养。

在新场，盐永远是一个绕不过去的话题。

在新场考察时，朋友给我讲了两个关于盐的故事。

一个讲的是二品官叶有声设宴招待盐运使司——他所设的宴席与众不同。

叶有声是新场镇西街叶家人氏。他在明代崇祯初年先后任浙江副使、河南按察使、江西右布政使、都察院左副都御史等要职。由于他为人刚正不阿，体恤百姓，深得民众爱戴。

有一次，叶有声带着家眷回新场故里休假，无意中听到不少百姓抱怨，说公差与盐枭相互勾结，捉拿小贩，使老百姓连买盐都很困难。这使他心情很是沉重。

这天，忽听家人禀报，盐运使司登门求见大人。叶有声以礼相待，请盐运使司方绎在正厅就座。一番寒暄后，方绎意欲告退。叶有声却说，时辰已是中午，留下来吧，我们共进午餐。一会儿，丰盛的菜肴就摆上了餐桌。盐运使司肚子也饿了，用筷子搛了菜肴放进嘴里，感觉味道很淡。又搛了别的菜肴，仍然是淡而无味。心想，今天叶家的菜怎么做成这样？碍于情面，又不敢询问。

叶有声心知肚明，故意问他："方大人，你觉得今天的菜肴如何?"

盐运使司连连点头说："好吃，好吃！多谢叶公盛情款待！"

午后，叶有声又跟他谈天说地，消磨了半天，随即留他一起吃晚饭。晚饭的菜肴依然淡而无味。方绎终于忍不住了，说："叶大人，今天的菜肴，厨子忘了放盐啦!"

叶有声答道:“这不怪厨子,而要怪你的公差!”

“此话怎讲?”

“盐贩子都被你的公差捉光了,买不到盐,只好吃淡菜啦。”

方绎表示惊愕:“竟有此事?”

叶有声说:“你只要到大街上走一走,就可以知道啦。那些肩盐小贩都是贫苦百姓,他们为了度日,不得已而为之,却被捉而除之。其实,要捉的不是肩盐小贩,而是盐枭。方大人以为如何?”

方绎听罢,顿觉脸红耳热,惭愧难当。自己身为盐运使司,却不如叶大人体恤民情。他忙说:“我一定整肃纪律,令公差全力以赴缉拿盐枭,而不要与小贩作对。”

叶有声朗声笑道:“这就是了!”

从此,卖盐小贩的担子又出现在新场的街肆间。

还有一个故事,与民间舞蹈《卖盐茶》相关。

《卖盐茶》是南汇县独具一格的民间舞蹈,从清代末年起绵延至今,在浦东地区十分流行。逢年过节或者举行庙会,16 个青年男子男扮女装,身穿土布的大襟衣服、中式条纹裤子,头包土布方巾,戴着洋气的墨镜,小竹扁担挑起一对漆有花纹的杭州篮,嘴里唱着《杨柳青调》,且歌且舞,吸引无数人驻足观看。

相传元代初年下沙盐场搬迁至新场时,非常兴盛,盐业产量居两浙 27 个盐场之首。然而,无数盐民却陷入贫困境地,度日如年。一些人为生活所迫,偷偷干起了贩运私盐的营生。可是他们经常遭到盐捕的截留,风险很大。

为了躲避官府和盐捕的欺压,他们始终在思考应付的办法。他们看见,每次前来参加庙会的浙江茶贩,挑着与装盐一样的箩筐卖茶叶，却畅行无阻，于是受到了启发。不少卖盐女子在装盐的箩筐上，盖了一层茶叶，乔装成卖茶叶的小贩，果然躲过了盐捕的耳目。后来，她们干脆以这样的方式去参加庙会，高兴起来，还翩翩起舞。

民间舞蹈《卖盐茶》，就这样应运而生了。

随着时代的变迁，为了增加情趣，舞蹈队伍中还特意添加了几个丑角，扮演盐商、盐捕甚至是缉私盐警。

从这个舞蹈中，我们不难看出，盐不仅在新场人的日常生活中占据重要地位，还进入了他们的精神世界。

朋友告诉我，以毕生精力致力于古城镇保护的阮仪三教授，在考察了新场古镇后，给予这样的称赞："新场古镇是体现古代上海成陆与发展的重要载体，近代上海传统城镇演变的缩影，上海老浦东原住民生活的真实画卷。"

新场到底是谁的古镇？

答案早就有了，是老百姓自己的。历史街巷、水系和居住生活形态，是上千年来浦东原住民日常生活、民俗文化的积淀与延续，呈现着源远流长的发展脉络。

檐水

如果说，浦江两岸比肩而立的摩天大楼，象征着欣欣向荣的国际性大都市，在这里能看到上海的今天；作为中国历史文化名镇的新场镇，则标志着底蕴厚实的传统申城，在这里能看到上海的昨天。今天，恰是从昨天过来，又走向明天的。

谁都有理由相信，当野生动物园和迪士尼乐园相继在浦东兴建，这片相邻的区域为世人瞩目时，新场的后发优势将迅速凸显……

国之大宝

盐，本是一种十分平凡的物品，犹如空气一样，平凡得令人几乎忽视它的存在。

盐，又是一种须臾难离的必需品。自古至今，人们用"百味之祖""食肴之将""国之大宝"等词语将它褒奖。盐与茶、酒一起，历来构成重要的国课收入，"盐茶马古道"是无法忽视的贸易通道。盐，不仅调节着人们的味蕾，更孕育了一个个城镇，绵延独具个性的习俗，乃至影响人们的生活方式。

一个盐字，繁体为"鹽"，上下结构，上面部分又分为左右结构。左上方是"臣"，"臣"为眼形，意即瞋目，睁大了眼睛观看，表明盐这种物品历来受到人们的关注，并且由国家官员管理。右上方是上下结构，上面为"人"字，表明盐需要依靠人力来发现和生产，下方为"鹵"字，像一幅盐卤水徐徐流进盐池的写意图画。"盐"字的下方为"皿"字，既表明要用器皿生产食盐，又要用器皿盛装食盐。从文字学的角度看，一个"盐"字，将人在食盐生产中的作用，盐的生产流程以及管理，很巧妙地体现了出来。

“盐,咸也。从卤监声。古者,宿沙初作煮海盐。凡盐之属皆从盐。余廉切。”清代段玉裁的《说文解字》,对盐有这样的解释。他认为,“天生曰卤,人生曰盐”。也就是说,盐是人加工而成的。煮海熬波,正是以极其形象的比喻,点明了人们用海水制盐的过程,也显示出人们驾驭大自然的不凡气度。

我们都听说过《白毛女》的故事。恶霸地主黄世仁为了霸占喜儿,在大雪纷飞的除夕之夜强迫杨白劳卖女顶债,杨白劳走投无路,只得喝盐卤自杀。盐卤可凝固蛋白质,常用来点豆腐。但对皮肤、黏膜有很强的刺激作用,乃至令人中毒致死。

在民间,一个盐字更是被引申得生动有趣。人们将管理盐政的官员称作盐司,私贩食盐的人称作盐枭,盐商鄙称盐呆子。在盐田劳作的人,称作盐丁、盐民,运盐的车辆,称作盐车。政府授予商人运销官盐的凭证,称作盐引。而盐钞法则是商人凭盐钞运销食盐的法规,用今天的语言讲,就是食盐专卖法。

凡此种种,不一而足。

我们不难由此想象盐特殊的社会地位,盐对于世俗生活、行为观念的渗透。

日常所需的盐,大多数来自海水。海水中含有各种盐类,其中90%左右是氯化钠,也就是食盐。另外还含有氯化镁、硫酸镁、碳酸镁及含钾、碘、钠、溴等各种元素的其他盐类。因为氯化镁的味道是苦的,所以含盐比重很大的海水喝起来就又咸又苦了。

海水里的盐分又是从哪儿来的?

几乎都来自陆地。46亿年前,地球刚刚诞生时,海水尚是淡的,岩石和土壤中却含有大量的盐分。此后,当雨水降落到地面时，向低处汇集，形成小河，流入江河，一部分水穿过地层渗入地下，积聚到一定程度又在某些地段冒出来，汇流入海。水在不断流动的过程中，渗进各种土壤和岩层，使之分解产生盐类物质，随水带进大海。随着海水不断蒸发，盐的浓度就越来越高。

在中华民族的古史传说中，黄帝大战蚩尤的故事尽人皆知。

大约在 4 000 多年前，黄河、长江流域一带住着许多氏族和部落。黄帝可以算是最有名的部落首领。最初居住在姬水附近，后来搬到了涿鹿，开始发展畜牧业和农业。还有一个部落首领炎帝，居住在西北方姜水附近，跟黄帝族是近亲。这时候，居住在长江流域的九黎族首领蚩尤，显得十分强悍。传说他有 81 个兄弟，他们全都是猛兽的身体，铜头铁额，吃的是沙石，凶猛无比。他们还能制造刀戟弓弩各种各样的兵器，常常侵略别的部落。

蚩尤侵占了炎帝的地方，炎帝起兵抵抗，却不是蚩尤的对手，被蚩尤杀得一败涂地。炎帝立即逃到涿鹿，请求黄帝帮助。黄帝和炎帝联合各部落人马，在涿鹿的田野上和蚩尤展开决战。

蚩尤请来了风伯雨师助战。黄帝也不甘示弱，请天女帮助，驱散了风雨，终于把蚩尤打败了。

从这个故事中，我们可以看出，文明肇始时期氏族部落之间的斗争是激烈而复杂的。当时的人们已经能制作初级的武器和生产工具。生活在长江流域的蚩尤部落，迈向文明的步履，或许走得比炎帝、黄帝还要快一些。即使被杀害了，蚩尤部落的文明元素仍然顽强地存留着，甚至与炎黄部落的文明相互融合。良渚文化时期玉琮上的人兽面纹，渐渐演变成为商周青铜器上的饕餮纹，就是一个很好的例证。

耐人寻味的是，不少人认为“炎黄血战，实为食盐而起”。这是一种推论。也许，氏族部落的冲突，更多地是为了争夺产盐的地域——据说，蚩尤占据的盐池在山西运城。

直到今天，盐湖南边还有一个叫蚩尤的小村庄，民间传说是蚩尤城旧址。尽管居住的人们都是近300年来陆续迁徙过来的，提起蚩尤，却都有一种特殊的感情。

在古史传说中，最初是黄帝打败了炎帝，许多诸侯都想拥戴他当天子。可是，炎帝的诸多后代不甘心向黄帝臣服，几次三番地挑起战争，其中以蚩尤为甚。据说蚩尤是炎帝的孙子，炎帝与黄帝则是同胞兄弟（也有蚩尤即炎帝的说法）。显然，黄帝、炎帝和蚩尤之间，有着不可割裂的血缘关系，尽管他们代表着不同地域。他们都是泱泱五千年中华文明的肇始者。他们之间发生的战争，只是印证了文明初始时期，氏族部落之间无法避免的生存竞争。

诚如考古界泰斗苏秉琦先生所说：“社会每前进一步，都会引起文化族群的组合与重组。因此重建的中国古史还应是一部超百万年以前中华民族的祖先历经无数次的组合与重组，导致多元一体中华民族形成的历史……”他以“满天星斗”四个字，生动地描绘了中华文明之火在黄河流域、长江流域、珠江流域、辽河流域……星星点点地燃起，蔚成燎原之势的情景。

在考古学意义上，蚩尤是一种文化类型，是文明起源的一个象征，并非被封建史官恶谥的对象。所以，将蚩尤与炎帝、黄帝并列成为“中华人文三祖”，是颇有道理的。

藏族英雄史诗《格萨尔王》中，有这样一部战史：《保卫盐海》。这部半神话半历史的史诗，有着真实的依据——藏人与麽些人争夺川滇边界上盐源县的盐源。公元7世纪，藏王松赞干布统领的吐蕃王朝空前强大，不断向四方扩展。当他拓展至今天川滇边界木里县、盐源县一带时，与原住民麽些人发生了夺取盐源的战争。

在此后的四五百年的时间里，拉锯式的你争我夺，大小战争十分激烈，盐源数易其手，直至忽必烈大帝把吐蕃诸部、大理国、南宋小朝廷统统归入大元帝国的版图，才算停止。

欧洲也有类似的例证。德国巴伐利亚州的公爵们和萨尔斯堡（今属奥地利）的大主教为了争夺贝希斯特加登盐场的开采权，发生了一场旷日持久的战争。这次战争直到1611年大主教沃尔夫·迪特里希·冯·瑞特瑙（1559—1617年）下台才结束。

盐，也会决定战争的成败。很多年以后，乔治·华盛顿发现了一条真理，没有食盐的战争是使人处于绝望境地的失败之役。而拿破仑从俄罗斯国土上撤退时，成千上万的法国军人并不是死于致命的伤病，而是因为缺乏食盐，无法制造和使用消毒剂。士兵的日常食物，驮运装备辎重的马匹以及供部队食用的牲畜，也因此失去了活力。

人类最早从什么时候开始使用食盐？

似乎没有明确定论。但我们不难想象，盐的发现和食用，一定是经历了一个在实践中逐步认识的过程。先民们身处“食草木之食，鸟兽之肉，饮其血，茹其毛”的蒙昧时代，不知道盐为何物。后来，在有意无意的探索中，人们发现那些白色的晶体，吃了以后会让人胃口大开，精神焕发，于是渐渐有了在烹饪食物时加盐的概念。

最初，人们在祭祀用的肉汤中不加盐，即所谓“大羹不致”，以表示对古礼的遵循。司马迁在《史记·乐书》中也记载：“大食之礼，尚玄酒而俎腥鱼，大羹不和，有遗者矣。”由此，我们可以看出，古代先民原本不知盐、不识盐。懂得食盐后，祭祀时仍返璞归真，不忘曾经有过漫长的不知道用盐烹饪食物的日子。

若要把一些司空见惯的事物追根溯源，往往是困难的。人类最早发现和利用自然盐，当在洪荒时代。前人流传下的“白鹿饮泉”“牛舐地出盐”“群猴舔地”“羝羊舐土”等记载，意味着人与野生动物的舐饮一样，食用盐类，是出自生理本能。

从追杀动物，以此充饥，演进到人工种植水稻，以植物果实果腹的过程，正是人类懂得食盐的过程。

事实上，早在新石器时代，当人们学会饭稻羹鱼，用印纹陶器、黑皮陶器在火上烹制食物时，就懂得了使用食盐。《尚书·说命》中有“苦作和羹，尔惟盐梅”的记载，说明到了商代，人们已普遍知道用盐作为调味品，用来配制羹汤。《尚书·禹贡》中有青州“厥贡盐希”的记载，即早在夏代就有贡献给奴隶主国家的盐。这种作为调味品用的盐，十分珍贵，所以作为贡品贡献。及至周代，人们已经懂得将咸味作为“五味”（酸、苦、辛、咸、甘）之一，并用于医治疾病。《周礼·天官》中就有“以咸养脉”的记载，这是周人对盐的医疗功用的认识。《吕氏春秋》有“调合之事，必以甘酸苦辛咸，先后多少，其齐甚微，皆有自起”、“咸而不减”的论述，更加清楚地阐述了咸味的调理方法。

古籍《世本》中有“夙沙氏煮海为盐”“宿沙氏始煮海为盐”的记载。夙沙氏（宿沙氏）是何许人也？一说是“黄帝臣”，一说是炎帝的诸侯。《吕氏春秋·用民篇》载：“夙沙氏之民，自攻其君而归神农”，神农氏即炎帝。

夙沙氏，是一个长期居住在山东半岛上的古老部落，与炎帝部落有密切的关系。夙沙部落长期与海为邻，不仅最早开始了煮海为盐，而且于商、周之际在当地推广了这种技术。

有一个神话故事说，远古时期，在山东半岛南岸的胶州湾一带，居住着一个原始部落，部落首领名叫夙沙，是一个聪明能干的人。有一天，夙沙和往常一样，用陶罐打了半罐海水，放在火上烧，想煮鱼吃。突然，一头野猪从夙沙眼前飞奔而过，夙沙拔腿就去追。等他扛着野猪回来，陶罐里的海水已经烧干了，只在罐底留下一层白色的细末。夙沙好奇地用手指蘸起白色粉末，放进嘴里尝了尝，又咸又鲜，好吃极了。等野猪肉烤熟后，夙沙抹上白色粉末，美美地吃了起来。那白色的粉末，便是从海水中熬出来的盐。

偶然性中往往蕴含着必然性。

盐，就这样被发现了。

在找不到历史证据的时候，我们暂且参考神话传说。

因盐而兴的古城扬州，有一座盐宗庙——为祭祀海盐人文始祖而兴建的寺庙。这是两淮盐区的第一座盐宗庙。据《光绪江都县续志》卷十二载：“盐宗庙，在南河下康山旁，祀夙沙氏、胶鬲、管仲。同治十二年（1873）年，两淮商人捐建。”

盐宗庙一度被称为曾公祠。这是因为晚清重臣曾国藩先后担任过两江总督兼盐政、钦差大臣、直隶总督等要职，曾国藩去世后，朝廷下达旨意，可以在他任职过的地方为之建专祠。当时扬州的地方官员就将原盐宗庙改祀曾国藩。

扬州盐宗庙供奉的神共有三位，即夙沙、胶鬲、管仲。

夙沙，即宿沙氏。传说中第一次煮海水为盐的，就是夙沙氏，他被称为人工盐的首创者。《太平御览》引《世本》称："宿沙作煮盐"。下有小注，说夙沙乃是齐灵公的大臣。《鲁连子》则称："宿沙瞿子善煮盐，使煮滔沙，虽十宿不能得。"从种种资料分析，夙沙是一个最先学会煮海水为盐的家族，夙沙也很可能是这个家族中最善于煮盐的老盐工。所以，后人尊之为"盐宗"，而不视之为"盐神"。

胶鬲生活在殷商时代。他原为纣王大夫，遭商纣之乱，隐遁经商，贩卖鱼盐，被称为史上第一个盐商。《孟子·告子篇》中有一段著名的论述："舜发于畎亩之中，傅说举于版筑之间，胶鬲举于鱼盐之中，管夷吾举于士。"从前扬州盐商的邸宅中，常常会挂一副对联："胶鬲生涯，桓宽名论；夷吾煮海，傅说和羹。"对联中的四个人，都和盐业有关，第一个便是胶鬲。

胶鬲最初隐居在商地，周文王将他推荐给殷纣王做大臣。殷纣王暴虐无道，周武王兴兵讨伐，殷纣王得到消息后，立即派胶鬲到鲔水地方等候周武王，打探实情。周武王军队到了鲔水，胶鬲便问武王说："西伯要到什么地方去？"武王回答："到殷地。"又问："什么时候到？"答曰："甲子日到殷城外。"于是胶鬲回朝复命。当时刚好下雨，但是武王仍带兵疾行，军师认为不可。武王说："胶鬲已经回去复命，如果我不准时到达，胶鬲一定会因此犯上欺君之罪而被杀。我们一定要准时到达，才能救胶鬲。”从这个故事中，我们可以看出武王的守信与胶鬲的贤能。胶鬲因此为文王、纣王、武王所重视。

至于管仲，众所周知，他是春秋初期著名的政治家，齐桓公的重臣。管仲大力进行改革，使齐国的政治、经济发生重大变化，国力大振，在诸侯中威望日高，从而使齐桓公成为春秋第一号霸主。

管仲像

《管子》一书，以相当多的篇幅叙述了经济。在他的经济理论中，多次谈到“利”，盐利即为其中之一。《管子·海王篇》多涉及盐策，这恰恰是中国最早的盐政理论。其要点，一是确立盐税为人头税，二是确立盐专卖政策。自春秋初期管仲提出由国家控制山海矿藏，实行盐铁专卖，充实国家财政以来，盐的生产、税收、运销，就一直实行统一管理。“盐政”一词由此得来，延续两三千年。因此，奉管仲为“盐宗”是自然的。

当年，管仲曾明智而又诡异地利用齐国的制盐优势，将盐和盐价，搞得扑朔迷离。

这位思想家和权谋家，是绝对的“重盐主义”者。从史书资料中我们可以发现，管仲曾向他的国君齐桓公讲述过一番影响深远的议论，大意是说，我们何必要去征收房产税、树木税、家畜税、人头税这些容易引起国人不悦，甚至是抵触的税种呢？国君若想增加税收，充盈国库，应该将人人必用的食盐和家家必备的铁器适当提高价格，便可以轻松达到目的，而且绰绰有余。齐地是滨海之国，欲霸天下，尤其应该重盐。假如一升盐加价二钱，一钟就是 2 000，千钟就是 200 万，一个千万人口的大国月入可达 6 000 万钱。同等人口的不临海的大国大张旗鼓地征税，也不过是月入 3 000 万，还要担心引起国民的不满，我们不是神不知鬼不觉地收益了其他大国两倍的钱吗？

这，让齐桓公很受启发。天下有哪个国君不想让自己管辖的国家国力强盛？

某天，管仲突然请齐桓公下令盐民大张煮盐，并全部由国家征收起来。从农历十月开始，到次年正月，共得盐 36 000 钟。随即，他又请齐桓公下令立即停止煮盐，说是农耕开始，国民必须去忙农事。齐桓公提出疑问：农事与盐民无关，盐民春天正该煮盐，为何停止？管仲说：这样盐价一定要上涨十倍。果然，不久各国盐价暴涨，齐国将食盐卖到梁、赵、宋、卫等不产盐的国家，共得黄金 11 000 多斤。

管仲无疑很有计谋。他人为地制造盐荒，促使盐价上涨，使齐国获得巨大收益，增强了国力。

对于那些没有盐资源的国家，他也设计了一套行之有效的办法。他说，一国虽无山海资源，但不妨利用他国的资源来充实国库。他国销盐给我，每一釜卖十五钱，我买来后，由官府卖出，每釜卖百钱，可得八十五钱，这样，不是也可以获取丰厚的盐利收入了吗？

正是由于实施了一系列卓有成效的经济政策，齐国国力大增，很快成为春秋五霸之首。

经历了岁月沧桑，盐宗庙祠堂内构架、梁、枋、桁上遗存的彩绘，经过修复，风貌犹存。贴金漆画《两淮煮海为盐图说》，形象地描绘煮海制盐的过程，也足以令人驻足观看。

盐宗庙其实是一种象征。然而对于现代化的今天，它存在的价值并未减弱。

在天津，则有盐母庙。盐母，是天津独有的盐业保护神。

民间传说，五代时，由于藩镇各据一方，幽州一带断盐长达一年，导致民间疾病流行。一天，出现了一位老母，热忱地教人们用碱土煮盐，使大家解除了无盐的困难。几天后，老母就不见了。大家都认为，这是圣母显灵，于是立庙铸像，将她祭拜。

还有一个在天津流行的盐母神话说，有老夫妻俩住在滨海荒滩，每天以拣潮尾、掏螃蟹和捕小鱼为生。某年春天，一只金凤凰落在一个土洼里，歇息了片刻，向北飞去。他俩认为“凤凰不落无宝之地”，于是跑过去，果然发现有一块发亮的硬泥巴。他们将泥巴捡起来，觉得是稀世之物，老汉特意进京贡献给皇帝。皇帝见是一块泥巴，很是恼怒，说是老汉戏弄他，立即下旨将老汉斩首。皇帝的厨师却留下了老汉的宝物，偷偷用白布包好，悬挂在厨房的梁上。厨师发现，每次做菜时，白布包里都有滴水落锅。做出的菜，味道特别好，皇帝每次用餐都很满意。厨师明白了，奥妙就在白布包里。于是禀告皇帝，说老汉献来的确实是宝。皇帝派出校尉，携金银财宝，连夜赶往老汉家里奖赏其家人。老太太得知老汉被害，昏死了过去。皇帝赏赐的东西，她什么都不要，自己则走遍山山水水，告诉人们凤凰落过的海滩上可以取宝。

人们为了纪念老太太，在凤凰落过的地方盖起了一座庙，这就是汉沽地区的盐母庙。

这个故事也意味着，贫贱者最聪明。假如皇帝继续昏庸下去，人们不知道什么时候才懂得吃盐和制盐。

中国历史上，曾有过一次闻名天下的大辩论，这就是盐铁之议。

秦国在商鞅变法后，“禁山泽之原”，进一步强化了食盐官营，改民产为官产，强制奴隶们从事生产，国家的盐利收入大大提高。到了汉初，为医治战争创伤，休养生息，朝廷一度推行“弛山泽之禁”，食盐自由开采、运销。但是，权贵、豪强和富商大贾们却乘机“擅障山泽”，役使成百上千的奴僮和逃亡农民从事煮盐而获大利。吴王刘濞以此起家，割据一方，成为“七国之乱”的始作俑者。

汉武帝中期，因长年战争，军费开支浩繁，加上天灾频仍，国库空虚，百姓四处流亡，财政入不敷出，朝廷不得已向豪富借贷。然而，富商大贾“冶铁、煮盐”，财累万金，却不顾国家之急、黎民重困。

于是，汉武帝重禁山泽，任命“大煮盐”东郭咸阳，大冶铁业主孔仅为大农丞，实施盐铁官营。这样做，既能在经济上增加国家财政收入，又在政治上贯彻“重本抑末”的方针。然而，统治集团内部的意见并不一致。后元二年(前 87 年)，汉武帝逝世，年仅 8 岁的昭帝即位，大司马、大将军霍光辅政。始元六年(前 81 年)二月，霍光以昭帝的名义下诏，命令丞相田千秋、御史大夫桑弘羊召集各郡国推举的贤良、文学，一共 60 余人，齐集长安，就盐铁官营政策以及民间疾苦，与桑弘羊等官员进行辩论。

贤良、文学是汉代选拔官员的科目之一，始于武帝。两汉后期，儒生往往以此取得出身。他们更多地倾向于小农的利益，即当时社会最大的弱势群体的利益。他们提出，盐铁官府垄断专营和"平准均输"等经济政策，是造成百姓疾苦的主要原因，所以请求废除盐、铁和酒的官府专营，并取消均输官。

均输和平准，是汉武帝时期（前 140—前 88 年）利用行政手段干预市场和调剂物价的两种措施。所谓均输，就是在各地设置均输官，负责征收、买卖和运输货物，地方应交纳的贡物，折合成钱交给均输官，均输官再在各地之间贱买贵卖，调节物价，同时也为国家增加了收入。平准，则是官府负责京师和大城市的平抑物价工作，贱时由国家收买，贵时由国家抛售，抑制奸商的投机倒把行为，以稳定物价。

与贤良、文学不同，执政大夫不仅是帝国政府及政策的发言人，也兼有依附权力的官商财团实力的代表身份。均输和平准等措施，是在桑弘羊做大司农时，亲自主持执行的政策。所以，官拜御史大夫的桑弘羊当然表示反对。

贤良、文学坚持"农本商末""重本抑末"，大夫却主张"开本末之途""农商工师各得所欲"。在对待社会财富的分配问题上，文学主张："民人藏于家，诸侯藏于国，天子藏于海内。""是以王者不畜聚，下藏于民，远浮利，务民之义"，即主张藏富于民，不与民争利。大夫则认为"不轨之民，困桡公利，而欲擅山泽。从文学、贤良之意，则利归于下，而县官无可为者"。

双方站在不同的立场，代表了不同的利益集团考量问题，各有各的道理，似乎很难用"进步"或"保守"来判定。

贤良、文学们尊奉儒家学说，矛头直指汉武帝。桑弘羊却旗帜鲜明地捍卫汉武帝盐铁官营的政策。在抨击文帝行盐、铁自由的弊病后,他强调:“匈奴屡犯边境,人民受害,士兵受苦,而边防费用不足,国库空虚,才实行盐铁官营、酒类专卖和均输法,以增加财政收入,充实边防。设立均输官,方便各地诸侯贡物转运京城,百姓的劳逸就均衡得当,实行平准,政府储备实物,平抑物价,百姓就能各当其业。”

桑弘羊指出:“手工业不发展,农具就缺乏;商业不发展,物资就不能流通;盐铁官营和均输,正是有利于货物的流通和供应,盐、铁、均输,万民所戴仰。”

他坚持认为,盐、铁之利是国家经济的命脉;盐铁官营、平准、均输的经济政策有利于堵塞豪强、朋党,禁淫侈,绝并兼之路。

这一场十分激烈的辩论,唇枪舌剑,旷日持久。双方说盐铁,论古今,抨时政,谈治国经邦,成为历史上著名的盐铁之议。

辩论的结果,桑弘羊尽管遭受了挫折,他的主张终究还是占了上风,汉王朝实行盐的产、运、销全部官营。

汉宣帝时,学者桓宽根据记录写成长达10万字的《盐铁论》。它生动而精练地呈现了辩论的情景,涉及政治、经济、军事、外交、文化诸多层面,以至成为经典流传至今。

黄仁宇先生认为,传统中国的政府管理,一直以来都是处于一种无法“数字化管理”的状态之下。既然晓得政策自上而下的推行过程中一定会产生七折八扣的弊端,到后来多半会弄到面目全非的境地,贤良、文学的鼓噪与呐喊,其显示的道德的正义性未尝没有合理的根据。当口号提升到一定高度,表面的形式也可能在某种程度上转化为实质,这已不是单从财经政策层面可以设限并且厘清的话题了。

钱穆先生在《中国历代政治得失》一书中则说：

盐铁商是当时最大最容易发财的两种商业。盐没有一个人不吃的，铁也没有一家不用，而煮海成盐，开山成铁，这山与海的主权，却在皇帝手里。现在汉武帝再不让商人们擅自经营了，把其所有权收回，让政府派官吏去自己烧盐，自己冶铁，其利息收入则全部归给政府，于是盐铁就变成国营与官卖。这个制度，很像近代西方德国人所首先始创的所谓国家社会主义的政策。可是我们远在汉代已经发明了这样的制度，直到清代，小节上的变化虽然有，而大体总还遵循这一政策，总还不离于近代之所谓国家社会主义的路线。

这，对盐铁之议是一段极好的诠释。

百味之祖

19世纪俄罗斯伟大的诗人普希金，在他的诗体小说《叶普盖尼·奥涅金》中，曾写下这样的诗句：

来自远方的亲戚到处受到亲切接待，
宾客乐开怀，
面包和盐端上来！……

远方的亲戚到来，最隆重的赠礼不是金银珠宝，而是一种最平凡最普通的东西——盐。

盐，是生活中谁也离不开的，犹如水和空气。不仅仅俄罗斯有这样的谚语："Без соли хлеб не еда"——没有盐的面包不算食物，欧洲好些地方的民间风俗中，被认为最尊贵礼物的，就是盐和面包。人们以盐和面包象征最隆重的接待和最真挚的友谊。与此同时，也常常用"他们之间有面包和盐"来表示人与人之间的平等与友好。

俄罗斯于9世纪末才创建成立了一个名叫罗斯的公国。罗斯所在的东北欧，或许是当时最缺盐的地区。罗斯公国设宴时，只有贵宾席上会摆放盐碟。客人若是喝了没盐的汤，会有遭到冷遇的感觉。但在当时，即使是那些声名显赫的王公贵戚家里，盐都是稀罕之物，而许许多多的平民就常常只能“淡饭粗茶”了。淡食的人家来了尊贵的客人，为了表示内心的尊敬，才端出自己舍不得吃的一点盐。

除了盐，还有面包。面包是一种极其普通的食物，然而在欧洲，一度是上层权贵们的专享食品，贫苦大众能够吃上黑面包，就算不错了。在罗斯，底层人民连黑面包都难得一见，赖以充饥的只是土豆之类的杂粮。只有家里来了尊贵的客人，才端上白面包和盐巴。这，该是多么隆重的招待礼仪啊！

到了今天，即使哪儿都不再缺盐，可是盐的象征意义，仍然存在于风俗礼仪中。

《圣经·旧约》中，有这样的文字：“耶和华以色列的神曾立盐约，将以色列国永远赐给大卫和他的子孙，你们不知道吗？”“凡以色列人所献给耶和华圣物中的举祭，我都赐给你和你的儿女，当作永得的分。这是给你和你的后裔，在耶和华面前作为永远的盐约。”

以盐的名义承诺，代表着约定像盐一样永久不变和永不废坏，还有什么可怀疑的呢？这种不可背弃的盟约，以盐作为中介，也可以想见盐的圣洁和宝贵。事实上，盐的特质也与之契合。盐能防腐杀菌，保证契约的长期有效性；盐能调和，让不融洽的和谐起来；盐是晶体结构，有超强的结合力和硬度，规则不可破坏。以盐的名义立约，也就意味着没什么不洁，没什么不义。

古往今来，人类从未停止过对盐的追逐。晶亮的盐，看似平凡，却在人类历史上扮演着十分重要的角色。因为盐，人类共同的祖先最早就生活在离大海不远的东非森林和草原上；因为盐，先祖们在走出非洲，向欧洲和亚洲迁徙时，选择了海岸线或内陆的盐湖地区。人们永远是逐水而居的，也有逐盐而居的传统。

盐，是影响人类文明发展的重要因素之一。世界上各大文明古国，其发祥地都在海边，或者是离大海不远。提起中华文明的起源，黄河中游地区是内陆最大的盐资源所在地，而长江流域和珠江流域，则是丰富的海盐资源所在地。

在快节奏的现代社会中匆忙前行的人们，不妨稍作停留，回望曾经的历程。或许，从早已被岁月烟尘湮没的所在，从平凡的难以引发激情的事物，可以细细领悟生活的真谛。

盐，就是一个例证。

开门七件事，柴米油盐酱醋茶。盐是人们日常生活不可缺少的食品之一，每人每天需要 6—10 克盐，才能保持心脏的正常活动，维持正常的渗透压及体内酸碱的平衡。盐含有大量的钠。对于人体来说，钠扮演着多种至关重要的角色。它能促进蛋白质及碳水化合物的代谢和神经脉冲的传播，以及肌肉收缩，还能调节激素和细胞对氧气的消耗，控制尿量生成，以及产生液体（血液、唾液、眼泪、汗液、胃液和胆汁）等。盐对生成胃酸、消化食物也非常重要。

盐进入人体后，部分钠离子和氯离子就参与机体的活动。钠离子通过电脉冲，将重要的生命信息从一个神经细胞传递到另一个神经细胞。氯离子能帮助大脑抑制人的行为。当人流泪、流汗时，盐中的化学成分会起到排毒和抗菌作用，使眼睛和皮肤不受病原体的侵害。一个人如果想让自己精力充沛和才思敏捷，体内就必须经常保持 300 克左右的盐分。这样，心脏才能更好地工作，血液才能正常地流动，筋骨和肌肉才会有劲。如果人体内的盐分丧失掉一半以上，未能及时获得补充，就会出现抽筋、肌肉疼痛，有时还会觉得恶心，严重时甚至会出现休克，所以夏天大量出汗后，必须及时补充盐分。

概括起来说，盐对于人的生命有四大功能：

一、它是人体细胞液的组成部分，也是细胞内外渗透压起平衡作用的必不可少的物质；

二、它是人体电解质平衡不可缺少的物质；

三、它是人体内生命蛋白酶合成的组成物质；

四、钠离子对人体的神经末梢具有刺激作用，人体运动是肌肉、肌腱的神经受到刺激的结果，而人体四肢的运动及至心脏的起搏，都不能缺少盐的作用。

在烹调菜肴时适量加入食盐，还可以去除原料的异味，增加美味，这是食盐的提鲜作用。在众多食料中，除了少数自身具有人们比较欢迎的味道，大多会不同程度地存在某些异味。要想把它变成美味可口的菜肴，除了加热、水浸，那就要发挥食盐"除恶扶正"的功能了。

对盐的食用，显然是古代先民从品尝含有盐分的海水、盐湖水、岩盐、盐泉、土盐等开始的。

我们有理由相信，上古时期人类的肌肤，毛发俱长，颜赤肤粗，不仅多疾，且时有委顿之感，这很可能是少吃盐、不吃盐的缘故。懂得食盐的现代人，皮肤才白皙细腻，光润洁丽。

岩盐，因产于盐山而得名。所谓岩盐，是指大粒矿盐。据《周官·盐人》记载，古时候以"饴盐"供宾客，"王之膳羞，供饴盐，后及世子亦如之”。这里所说的“饴盐”，就是指白色岩盐，形体比较大，乃至可以“镂之写物”，刻画出好看的花纹来。“饴盐”是岩盐中最好的一种，其味咸美“如水精”“似虎珀”，又称“君王盐”。从这些描述，足以体味人们的珍视程度。

生活在四川盐源县的纳西族，不仅流传着盐神的传说，还供奉盐神。有趣的是，盐神为少女形象。民间传说，是一个少女在牧羊时，无意中发现了盐水，改变了人们的生活。后来人们在这里开凿盐井，从此再也不必为用盐发愁。这个故事说明，自然盐的发现和利用，对于人们的生活十分重要。

在长期的探索中，人们渐渐对盐的成因有了一定的认识。盐的生成与水气有很大的关系：“水曰润下，润下作咸。”这，其实是对湖盐生成观察后得出的结论。

湖盐，又称“池盐”。地处内陆的盐池，由于受到干燥气候的影响，能够自然生成结晶体状的盐。历史上最有名的河东盐池（也称“解池”，位于今山西省运城县南），就是借助风力和阳光的蒸发作用，自然生成食盐，它被称为“解盐”“潞盐”或“河东盐”。《山海经·北山经》中，有“又南三百里，曰景山，南望盐贩之泽”的句子。晋人郭璞释云：盐贩之泽，“即盐池也”。这是关于“解池”的最早记载。《洛都赋》中的词句：“河东盐池，玉洁冰鲜，不劳煮沃，成之自然”，也为之作出了形象的注解。

由于自然盐的产地、产量、质量受到自然条件的制约，所以人工生产食盐才具有划时代的意义。

井盐的出现，最早或许在战国时期的巴蜀地区。秦昭王时蜀郡守李冰，在治水的同时，勘察地下盐卤分布状况，始凿盐井。史载，李冰“又识齐水脉，穿广都盐井诸陂池，蜀于是盛有养生之饶焉”。这是有关中国古代开凿盐井的最早记载。

土盐，即“碱盐”，是在盐碱地上出产的，味苦质劣，在盐类家族中处于末位，只能作为食用盐的一种替代品。土盐制作始于何时，难以考证。其制作方法据《后汉书·西南夷传》载：“汶山地有咸土，煮以为盐，麋羊牛马食之皆肥。”

在既不临海又无盐矿的地方，能找到咸土，煮成食盐，显然也体现了古人的生存智慧。

当然，规模最大的盐业生产，还是海盐的晒制。

地大物博的中国有着极其丰富的海洋资源，海水似乎永远也取之不尽，用之不竭。人们只要不畏辛劳地煮海熬波，总是会有收获。

海盐晒法的创始，并且形成一定的规模，一般认为是在宋、金时期。据《元史》记述，当时的国家财政，盐利已居十之八，海盐收入又占整个盐利的80%以上。到了明清时代，盐业税已经成为国家财政收入的四大支柱之一，各产盐区及盐场的盐业生产，制定了严格的计划，食盐产量也非常可观。

盐，其实是一个大家族。有人统计过，在全世界，盐和它的衍生物共有15 000多种。当然，“食盐”是最早为人类开发和利用的，堪称盐家族的当家人。

在实际生活中，我们常常看到，盐总是洁白如玉的。其实，盐也有各种各样的颜色。即使是海盐，除了白色，还有黄褐色、灰褐色、淡红色、暗白色。至于湖盐，则有青色、白色、红色、蓝色、黑色，犹如彩虹在晶体中闪闪发亮。天然形成的岩盐，色彩绮丽，红、黄、灰、青、绿、紫，许多种颜色混在一起，一块岩盐就像一块宝石。

食盐呈现光怪陆离的颜色，是因为晶体里混进了杂质。杂质虽然很小，却足以改变食盐的本来面目。即便是纯度很高的海盐，由于光线沿着盐粒晶体表面或是裂隙面互相衬映反射，人眼往往会被食盐的假色迷惑，将本来无色透明的盐粒，看成是白色的。

盐的形状也是多姿多彩的。南方的海盐往往颗粒细小，而北方的海盐则颗粒硕大。西北的湖盐，粒粒如珠，颗颗滚圆，被称为珍珠盐。有的盐透明如镜，恍若玻璃，被称为玻璃盐。有的宛若粉条，丝丝缕缕，被称作粉条盐。还有的四四方方，晶莹剔透，被称作水晶盐。

盐，不仅仅提供给人们食用。

当我们来到"山水甲天下"的桂林旅游时，总要到著名岩洞"芦笛岩"去参观，那洞中千姿百态的石笋、石柱、石幔、石花、石鼓总给人们留下了无尽的遐想。当我们来到春城昆明观看神奇的石林时，那峻峭挺秀的奇峰怪石和"阿诗玛"的传说，也常常使我们流连忘返。然而，游客们不曾想，这些精妙逼真的景物，全是由岩石中的一种盐——碳酸钙被水溶蚀而形成的。

在重庆奉节的长江滩上，有一处长期以来被人们认为是诸葛亮练兵的八阵图，由于形态独特，吸引了众多游客。甚至连诗人杜甫，当年也曾满怀激情地赋诗曰："功盖三分国，名成八阵图。江流石不转，遗恨失吞吴。"其实，这是一处古人熬盐的场所，一座座被遗弃的盐灶勾起了人们丰富的联想。

波兰的维利契克盐矿，是欧洲最大的盐矿。人们来到井下，犹如走进了一座富丽堂皇的地下宫殿。穿过许多筑在绿色盐层中的错综迷人的走廊，却看不见任何一根支柱，这是因为盐的表层很坚固，它本身就有足够的支撑力。

这里还有一个独特的盐教堂。教堂的天花板上，悬挂着辉煌壮丽的枝型大吊灯，谁曾想，它竟是用小盐粒的晶体拼成。教堂里的祭坛、传教台、圣母像，则是矿工们用岩盐雕成的。意大利著名画家达·芬奇的不朽名作《最后的晚餐》，也栩栩如生地雕刻在教堂的盐壁上。这座著名的“金伽大教堂”，是为了纪念 13 世纪波兰的一位深受人们拥戴的皇后金伽。她原来是一个普通矿工的女儿，对开采盐矿作出了很大贡献。

而在罗马尼亚，人们在拉里克矿区开设了一家盐疗医院。乘坐电梯下到已开采过的盐矿巷道内，那里有宽敞的盐疗大厅，光滑的墙壁像是用大理石砌成，带有美丽的浅灰色花纹。盐疗大厅可供气管炎、哮喘病、关节炎等慢性病患者前来治疗。

盐，还是一种天然理想的铺路材料。用盐修建公路，不仅成本低，而且无受蚀之患。青藏公路有长达 500 千米的路面穿越察尔汗盐湖，其中一条盐桥长达 90 千米。

用盐修建公路，技术上并不复杂，只需用推土机将盐堆弄平整，再在表面浇上水，当盐粒干燥后，一条用盐修建的公路便告竣工。公路的维修也很简单，哪儿有了孔洞，只要往洞中加入盐，灌上水，待水分蒸发后，路面又平整如初，经久耐用。

如果我们来到舟山定海，会听到《盐与卤》的故事。

相传在东海的小岛上，住着一个捕鱼老人，名叫严卤。一天，他在捕鱼时，收获了一只红光闪闪的金葫芦。没想到，金葫芦突然裂成两半，从里面飞出一只金凤凰。

原来，金凤凰是东海龙王的宠爱，落在哪里，哪里就有宝贝。它落在退了潮水的海涂上，留下两个深深的爪印，就飞走了。

严卤很有心，将印有金凤凰爪子的海涂泥带回了家。当地的渔霸得知后，抢走海涂泥进京献给了皇帝。皇帝和渔霸不识宝，就把严卤叫到了京城。可是严卤也说不出所以然。皇帝非常生气，把严卤关进了大牢。

一天，皇帝在金銮殿上大吃大喝时，悬在梁上的海涂泥的卤水掉到菜肴里，皇帝不小心吃了一口混有卤水的菜肴，觉得味道极其鲜美，因而发现这些海涂泥是宝贝。皇帝押着严卤，来到了金凤凰停脚的地方，贪得无厌地装了满满一百条龙船的海涂泥。船儿在海上航行时，金凤凰突然出现。它扇动的狂风吹得狂浪翻滚，把船儿全部倾倒，皇帝和渔霸等人全都被淹死，海水也变咸了。严卤平安地回到家乡。他和渔民们挑海水晒盐，过着平静而幸福的生活。

中国民间供奉的厨神中，有一位神奇的詹王。相传他是1 400年前隋文帝的御厨。有一天，隋文帝品尝了美味，却嫌不够好，心里感到烦，把他传来，问道，天下什么东西最好吃？詹御厨回答，是盐。隋文帝很不满他的回答，竟以戏君之罪把他杀了。从此，御厨们做菜再也不敢放盐了。隋文帝吃菜没有了滋味，只有一道菜略有些味道，传来做此菜的厨师追问。回答是稍微放了一点酱。隋文帝终于醒悟过来，明白自己错怪了詹御厨。于是，追封已故的詹御厨为詹王。

这两个故事，有异曲同工之妙。

对于食物，盐确实是神奇的。

只要有一些烹饪经验的人都知道，大多数食料会存在不同程度的异味(如腥、膻、臊、苦、涩等)。这些原料如果在烹调前用盐腌渍 10—15 分钟,再进行正式烹调,味道就会大不一样。这样做,其实是利用了食盐具有较高的渗透压的特性。一方面,让食盐扩散到原料细胞内部,产生消毒杀菌作用,能够减除原料的各种异味;另一方面,原料细胞内液的浓度低于外部盐溶液的浓度,细胞内的汁液也可通过细胞膜向外部渗透,起到消除异味的作用。同时,还能除去原料中部分水分,便于烹调入味,起到定味、增香的效果。

食盐易溶于水,形成很高的渗透压。盐水溶液能通过原料组织的细胞膜渗透到细胞内部,并参与细胞内有机物质的变化。由于食盐又是一种强电解质,在一定浓度下,可以增加细胞内蛋白质的持水力,促使部分蛋白质发生变性,使原料组织变得比较滑嫩、柔软,从而起到调味和改善口感的作用。

每一种食料,都有各自的风味。但是它们的鲜味物质都基本上相同,例如肉类、鱼类、贝类、禽类、食用菌类及一些植物性原料等,鲜味物质主要有谷氨酸、核苷酸、琥珀酸等。食盐对呈鲜味的氨基酸、核苷酸等,有明显的增鲜作用。在鲜汤中,如果不加入适量食盐,其鲜味就不会突出,也不会醇厚。

食盐的咸味,是构成复合味的基础,食盐在多种复合性调味中起着决定性的作用。例如,酸甜味中,加入适量食盐,就会感到酸甜适口,甜而不腻,融合可口。如在酸味中加入适量食盐,则不刺呛;辣味中加入适量食盐,则不辛辣;苦味中加入适量食盐,则不麻木;甜味中加入适量食盐,能增加甜度,做到甜而不腻。这些现象,都是味的互相消抵作用、互相对比作用的体现。

一个地方的饮食，与当地的气候、自然环境有着密切的关系。比如湖南湘西多山、多雨，为了驱湿御寒，补充盐分，这里的菜口味较重，偏咸、偏辣。加上交通不便，购物不易，人们喜欢储藏腊味，如腊鸡、腊鱼、腊肉等。宰杀的猪一下子吃不完，用食盐腌制好以后，就悬挂在火塘上方的房梁上，经火塘烟火的熏燎，猪肉变得黢黑，食用时将表皮剔去，露出里面的酱红色，使人垂涎欲滴。

在温山软水的江南，也有许多腌制的食物，如咸鱼、咸肉、咸菜苋、咸瓜条、咸鸭蛋等等。从前没有电冰箱，腌制后晒干，比较容易保存，不至于腐烂变质。到了农忙季节，劳动量大，流汗多，吃一些重盐的食物，则可以补充流失的盐分，保持平衡。

最聪明的厨师，总是最擅长用盐的。在讲究健康饮食，提倡科学用盐的今天，尤其是如此。谁也不愿意当“咸骆驼”，因为过分用盐而导致高血压和心血管系统疾病。

俗话“咸无味”，是说用盐量要适当控制，才能发挥其特有的功能，不能放得太多，过犹不及。至于“若想甜，放点盐”，则是显现了生活的辩证法。

公元13世纪，意大利人马可·波罗历经千难万险，双脚终于踏上了中国这块古老而又神奇的土地。在这位老外的眼里，一切景象都无比新鲜。后来，他抑制不住内心的激情，在游记里作了描述。其中专门写到了这样的见闻：“在城市和海岸的中间地带，有许多盐场，生产大量的盐……”

马可·波罗的父亲尼科洛和叔叔马泰奥都是威尼斯商人，他自己或许是一个管理盐务的小官。

马可·波罗看见的，是古老的盐阜大地。

这片生机盎然的土地，东倚黄海，有着长长的海岸线，滩涂广阔、地势平坦，四处长满了茂密的盐蒿草。当年，这里到处是“烟火三百里，灶煎满天星”的热闹场面，盐民以艰苦卓绝的劳作，煮海为盐，在大自然的怀抱中求取丰富的资源。

《后汉书》曰：“东楚有海盐之饶”。一个“饶”字，勾画出了盐阜大地的丰盛。

但，也有人认为，马可·波罗是在元大都附近看到了盐场。作为天津城市源头的海津镇，在那时已经开始设灶煮海。

其实，不止是盐阜大地，不止是天津长芦盐场，也不止是《熬波图》所描绘的下沙场，有资料表明，仅明代中国就有两淮、两浙、长芦、山东、福建、广东、河北7个盐区，盐场达140多个。

盐是生活的必需品。借用一句经济学的说法，是价格弹性很低，并且没有替代品。价格低要买，价格高仍然要买。历来的帝国都将盐业作为经济命脉之一，无不实行盐务专卖。开始是政府直接生产、销售，后来改成政府出卖专卖权给私人，由他们生产、销售。到了宋代，政府出卖专卖权“盐引”所得，加上制盐业的劳动及附加利润，已经大大超过了农业税。不难想见盐的经济地位。

苏东坡的诗《山村绝句》中，有这么几句：

老翁七十自腰镰，惭愧春山笋蕨甜。

岂是闻韶解忘味，迩来山中食无盐。

撇开苏东坡的嘲弄口气不谈，他笔下的山村老翁，终究诉说了一个事实：不要以为我是跟孔子一样，因为沉湎于韶乐而“三月不知肉味”，只是因为很久没有吃盐的缘故啊！没有盐的日子，你能说得出有多么的痛苦吗？

盐跟百姓休戚相关，可见一斑。

且让我们从地名的角度，来看看源远流长的盐文化。

沿海地区许多与盐有关的地名，如盐、咸、场、灶、甲、仓等等，大多可以追溯到当年的盐场生产和盐政管理体系。它们有规律地分布在旧时盐场生产、管理和经营的周边区域，保留至今。

盐，是盐乡最重要的物品。带有盐字的地名，也就自然而然地产生了。例如盐城、盐官、盐仓、盐弄等。随着时代变迁，不少街巷道路已不复存在，昔日的模样也大为改观，但提起这些名字，仍能让人联想起因盐而生的往事。有些地名，为谐音所替代，文化因素却没有消失。如盐仓前改为延昌前，烧盐湾变为孝贤湾，盐场衍化成贤养，依然让人想起这里曾经是制盐、堆盐、售盐的所在。

咸，是盐的味道，因此不少地名咸味十足。浙江宁波鄞州区有一个咸祥镇，古称嵩南。历史上这里是浅海海湾。元、明时期，外来移民利用海涂高阜处煮盐，修成了盐场。在宁波方言中，咸祥就是“盐场”谐音的转化。清代，由于围海造田，盐场不再，乡民约定俗成将盐场改作“咸祥”，寓意所有人都吉祥如意。直到现在，咸祥镇仍然有咸一村、咸二村、咸三村、咸四村、咸五村、咸六村等村落名称，又有咸祥河、咸球河等河流，咸开路等路名。

顺便说一句，咸在汉语中表示某一范围的全部，相当于“全”“都”。例如老少咸宜、少长咸集等。“咸，皆也，悉也”（《说文》）。这其实是从盐味引申出来的，显示了盐的普适性。

灶，特指旧时煮海水煎盐所用的盐灶。灶户，是制盐的盐民。随着盐灶周围住户多了，发展成村庄，灶名便成了地名。不少地方普遍以灶命名村落和道路，如一灶村、二灶村、三灶村，三灶镇、六灶镇，一灶江、二灶江、三灶江等。灶下分甲，每灶一般为十甲，甲以丁主姓氏命名。所以一些地方有潘家甲、余家甲、史家甲等自然村名字。

仓，即盐仓，是贮盐的所在。在沿海地区的地名中，以“盐仓”二字出现的情况比较常见。盐仓镇、盐仓街、盐仓巷、盐仓村，显然是因为那儿原本设有盐仓。

厂，原本作“棚舍”解释。厂屋就是棚舍，指的是没有隔墙的房屋。古人晒盐，往往在盐田中建立棚舍，提供给盐工休息和存放杂物。久而久之，就衍化成地名，如盐厂里、长白厂、下厂、中厂等。

浦，水边或河流入海的地区。在浙江舟山，浦一般指的是有碶门的水道，可以将海水引入滩涂，也可以将河水排入大海。民国《岱山镇志》中《岱山盐说略》曰：“岱山之场以山为界，山以外皆大海，故场在山里，其潮须由浦通入。晒盐者俟潮涨时，用水车戽入场间，使之灌足。”浦成为盐场的海水排放渠道，所以，东江浦、甬东浦、鳌头浦、茶山浦等地名都存有古代盐场的痕迹。

上海南汇的许多地名，在今天看来，似乎有些怪异，跟十里洋场的大上海很不搭调。其实，这些地名恰恰体现了盐文化的魅力，让人感受到上海开埠之前的状态。

下沙盐场，很早以前就是重要盐场。宋元时期，随着盐场数量不断增加，盐业生产的规模越来越大，所以官府必须加强对盐业生产的监管。从宋代开始，在下沙设立了两浙盐运使司松江分司。元代，由于海岸线东移，盐运使司署移至新场镇。明代，下沙盐场下设三场十团，自南向北分别为一团、二团、三团、四团、五团、六团、七团、八团、九团，南北延续约 50 千米。团以下设灶，分布得十分密集。至清雍正四年（1726 年），划出上海县长人乡大部和下沙盐场九个团，另置南汇县。自此，下沙盐场全部隶属南汇县。

古镇的粉墙黛瓦

清末，南汇县实行城乡自治时，南汇县境内原盐场的团灶相应地改设为乡的建制，如大团乡（一团地）、二团乡、城东乡（三团地）、四团乡、五团乡、六团乡、七团乡等。时至今日，一些与盐业生产有关的机构早已消失，但还有部分盐业生产的机构及所属团、灶、路等名称转化为历史地名保存并延续下来，并成为南汇乡镇建置和行政村及自然村的名称，如新场镇、航头镇、大团镇、六灶镇、下沙镇、三灶镇、盐仓镇等。

随着时代的变迁，无数咸味十足的地名，已渐渐消失在快节奏的城市化进程中。但是，绵延千年的盐业生产所凝聚的盐文化，如同血液里的红血球和白血球，人们脑海里的活跃细胞，成为城镇记忆和历史文化的重要部分，任何时候都不会消逝。

是的，海水的结晶不仅仅是盐。

如瓢之城

盐城，一个自诞生起就以盐命名的城市。

20世纪70年代，我曾以一个文学青年的身份，去盐城参加出版社组织的改稿会，修改短篇小说《考核》。那时，我先是坐火车到南京，第二天天不亮就起床，坐长途汽车，傍晚时分才到达目的地。一连好几天，都是住招待所，看稿，谈稿，改稿，没有去任何地方。正是百废待兴的“文革”后期，对于盐城的印象很淡漠。却因为是在那儿改定了有生以来的第一篇小说，又很难忘。

及至开始构思《煮海成玉——盐，文化的结晶》，我搜集了大量资料，很认真地了解和关注盐城，才明白，盐城自有悠远的历史文化和独特的自然风韵。

清乾隆十二年（1747年）纂修的《盐城县志》记载：“为民生利，乃城海上，环城皆盐场，故名盐城。”

其实早先它不叫盐城，而叫盐渎。渎，小河也；盐渎者，盐河也。这个浸渍了咸味的“乳名”，足足叫了500多年。

原来，这里有一条川流不息的河流。从西汉元狩四年（前

119 年)起，人们就在这条水上通道来回运输食盐。因为盐河的地位重要，而有了盐渎县；因为是产盐之地，在建县之始，这里仅仅设盐铁官而不派县丞。可见，在那个年代，盐铁之重，高于一切。

盐，给曾经的荒僻之地带来了源源不断的财富，也带来了越来越稠密的人口。不起眼的盐渎，在漫漫岁月中聚集人烟，铺展街肆，终于演变成了一座盐城。

盐渎不堪问，萧萧风苇间。

绕城惟见水，临海故无山。

有一个名不见经传的人，写下了这样一首直白的五言诗，以抒发自己内心的感慨。临海的盐城没有山，城池也显得很小，小得犹如一个水瓢。“城形似瓢也”，所以被称为瓢城。

一个瓢字，却用得非常巧妙，毫不张扬地体现了盐城人的智慧。我觉得，瓢，至少能够说明三层意思：一是舀大海之水制盐，乃瓢城之命脉；二是这里即便有水患之害，也可“瓢浮于水，永不沉没”；三是城形似瓢，足可自谦。瓢城还小，尽管因盐而兴，很有发展潜力，可是丝毫没必要趾高气扬。

盐，与这个城市，确实是休戚相关，生死与共。

汉代，是煮盐业日趋壮大的时期。古盐渎因盐置县，形成了环城皆盐场的景观。但，进入三国时期后，江淮地区成为魏、吴两国进行拉锯式战争的最前线。为了防止东吴军队北上，曹操曾下令将江淮之间的十万户百姓全部迁往淮河以北，盐渎县竟一度废置。

西晋太康元年(280 年)，司马炎统一中国，采取了一系列鼓励农桑、恢复经济的措施。为重振江淮盐业，下令招募原江淮地区流民回归故里，并迅速恢复盐渎县。这里很快出现了复苏的景象。

然而，时隔不久，连续发生“八王之乱”和“永嘉之乱”。北方胡人大举南侵，推倒了西晋王朝。随着偏安一隅的东晋王朝的建立，一大批南逃士庶被安置在长江两岸的侨置州、郡、县，给盐城带来人口大量流入的机会。劳动力的增加，无疑给制盐业注入了向前推进的能量。

东晋安帝义熙七年（411 年），古射阳、盐渎两县被析置为山阳、左乡、盐城、东城四县。古盐渎正式更名盐城县，盐业也艰难地走上了发展之路。

唐代和北宋年间，当是盐业发展的黄金岁月。唐高祖武德年间，开始设立盐池（井）监。盐监，是基层盐政管理机构。当时，盐城年产盐约有 45 万石。这个数字已经比较可观了。盐业兴，盐城兴。随着人口迅速增长，百业趋于兴旺。

据地方史志记载，唐太宗派兵东征高丽时，名将薛仁贵曾在盐城永宁寺设营驻扎，在海边修造战船，操练水军。大将尉迟恭还在西溪海边建造了海春轩塔，供兵船和民船辨别航向。他们的许多故事，至今仍在民间流传。盐城还开始了外交——成为我国与朝鲜半岛、日本等交往的重要出海口。高丽僧人封大圣、新罗国王子金士信、日本国遣唐使粟田真人、小野石根以及阿倍仲麻吕等人，正是经盐城登陆，转赴长安或出海回国的。

北宋年间，盐城的盐业继续发展。《宋史·食货下四》载：“盐城监，岁鬻四十一万七千余石。”《宋史》也说：“今日财赋，鬻海之利居其半”，“国家鬻海之利，以三分为率，淮东居其二”。可见盐城盐业对国家赋税的贡献之大。

范仲淹，是以“先天下之忧而忧，后天下之乐而乐”精神而名垂青史的一代名臣。他一度担任西溪盐仓监。在任上，有一首题为《至西溪感赋》的五言诗，道出了他的极大抱负：

谁道西溪小，西溪出大才。

参知两丞相，曾向此间来。

直抒胸臆的诗句，似乎并没什么出奇制胜之处。然而，范仲淹勤于盐政，任劳任怨地做了不少造福当地人民、惠及子孙万代的好事，被后人津津乐道。

天圣初年，纵贯盐城境内的唐代海堤常丰堰，因为年久失修而倾塌，导致海水倒灌，灾难频发。治理海患，其实不是范仲淹的职责，他却主动上奏朝廷，提出重修海堤的方案，得到朝廷批准，被任命为兴化县令，征集 4 万民工重修“捍海堰”。

工程初期，缺乏经验。头一天筑起的海堤，常常是第二天就被海潮冲得无影无踪。范仲淹苦思冥想，终于找到了一个好办法。他命人在涨潮时向大海中倾倒大量稻壳。第二天落潮以后，黏附在海岸上的稻壳，就成了蜿蜒曲折的修海堤的线路。这个工程，挡住了凶险的海潮，守护了堤内人民的生命财产，也保住各大盐场，农事、盐务两受其利。

盐城老百姓感念范仲淹的功德，将这条北起阜宁、南至海门、全长 180 里的挡潮长堰，称为“范公堤”。

但是，历史的发展从来不可能一帆风顺。

南宋绍熙五年(1194 年)，黄河于河南原阳县决口，在徐州夺泗，进而在淮阴倾泻入淮，强占了淮河入海口。直到清咸丰五年(1855 年)改道北归，前后经历宋、元、明、清四朝共 661 年，让盐城饱受了水灾之患。水灾不但带来重大的生命财产损失，导致人口锐减，还淡化了海水，导致盐业的式微，大量泥沙沉积将海岸线向东推移，终于使盐城失去原有的因盐而兴的地位。

与此同时，还有宋金交战的战火蹂躏……

即便是如此，元代的盐城，等级评价依然为“上”。据《元史·食货二》载：“太宗庚寅年始行盐法，每盐一引重四百斤，其价银一十两。”当时，朝廷通过向盐商出售“盐引”的办法征收盐税。天历年间，全国总出售256.4万余引，两淮之盐大约占全国专卖总量的37%。即使与北宋年间鬻盐之利占2/3的盛况相比，已大为逊色，但仍然是全国重要的产盐区。

明初的盐城，因为连年战争，导致人口锐减，田地荒芜，经济亟待恢复。有利条件是黄河裹挟大量泥沙在此淤积成陆，出现了许多亟待开发的新生地。张士诚起兵失败后，明太祖朱元璋怀疑有将领士卒藏匿于苏州民间。因此，从洪武三年（1370年）开始，先后数次将苏州及江南的许多富豪和无地民众，赶往江北“屯垦”。

这是个一箭双雕的计谋，既能根除张士诚旧部的复辟梦想，又有利于长期战争后的经济恢复。

其实，当时朱元璋还将苏州、松江、杭州、嘉兴、湖州一带的富户，迁移到他的故乡濠州。有时候一次就迁移十几万人之众。迁移去的人，发给耕牛、农具和种子，让官吏监督他们开荒种田。

这些从苏、松、杭、嘉、湖五府强迫迁移来的地主富户，家里拥有良田、美宅、奴仆，绝不可能亲自动手耕作。但，到了满目苍凉的濠州，不仅要和那些囚犯们一起做筑城的苦力，而且规定永远不准潜回他们原籍居住，生活环境发生了天翻地覆的变化。这使他们怨声载道。富户们做梦都想着要回到家乡去，可是又不敢公开回去，慢慢地终于想出办法，装扮成讨饭的乞丐，以逃荒为名，偷偷摸摸回老家探亲扫墓，到了第二年的清明节以后，才陆续返回濠州。

他们一路走，一路回忆着江南家乡的繁荣，思量着濠州的贫困，越发感到十分悲伤，不由失声痛骂起朱元璋来。也许是嫌说话难以充分表达内心的不满，很快有人想出了唱花鼓的办法。你一言，我一语，即兴编起了唱词，借以发泄内心的怨恨。当时唱花鼓的都是富豪，却以乞丐的身份出现，编得颇有艺术水准，没多久便四处流传。

这，正是"凤阳花鼓"形成的原因。

我们不妨到盐城民间去调查一番。一个很有意思的现象是许多人家都会说，祖上是在苏州阊门山塘街或南浩街。他们的族谱，追溯到600多年前的"洪武赶散"。所谓"赶散"，其实是人口大迁移。他们的祖上是从苏州迁移过来的。

随着大量的人口迁移，大片荒地和滩涂被开垦出来，农业开始成为盐城的重要产业。至于传统的盐业，明初就已制定盐法，设立两淮都转运盐使司，各大盐场设盐课司，参照元代"盐引"制度实行专卖，大引400斤，小引200斤。所谓小引，其实是盐民手中的余盐，地方盐官用低价收购后，再高价卖给专卖商——用今天的语言讲，就是"计划外收入"。这样的制度设计，成为腐败丛生的温床。但，洪武初年盐税二十取一，相当于5%的税率，属于轻徭薄赋，终究有利于盐民休养生息。

"自古两淮之利，重于东南，而两淮为最。"由于两淮地区东临黄海，西连运河，南北广袤数百里，皆可设立盐场，煮海熬波，食盐造价低廉而产量极高，而且水网交错，航行便利，广销河南、江苏、安徽、江西、湖北、湖南六省。因此，两淮盐场成为全国盐产量最大、销路最广的地区，也成为历代封建王朝借以立国的“财赋之源”。

直到清代，盐城一直是海盐生产中心。

史志记载，早在吴王阖闾(前514年)时代，两淮地区就开始煮海为盐了。及至宋代，这里的制盐工艺已很成熟。《通州煮海录》说：“煎制海盐过程，分为碎场、晒灰、淋卤、试莲、煎盐、采花等六道工序。”到了元代，这一带已拥有30个盐场，煮海规模居全国之首。特别是到了明代，两淮地区已由煎盐发展到晒盐，生产技术迅速提高，更促使海盐稳产、优质、高产。

盐场，聚居着大量以煮海为生的盐民。

盐民，又称灶民、盐丁，历来地位较低，被人们看不起。除了终日在海边经受日晒雨淋，辛苦劳作，难以获得温饱，更因为他们中的许多人，原来是朝廷流放的罪人。不仅在生活上艰苦，政治上更是倍受歧视和奴役。宋、元、明、清四代，官府都以特殊的户籍管理盐民。这种户籍不能改变，盐民们就只能世世代代积薪、晒灰、淋卤、煎盐，以致蓬头垢面、胼手胝足，所产食盐要全部交公，他们的所得仅仅维持活命。

盐民在行动上也有一定的限制，如果要走出灶区，必须经过批准，而且不能持器械或者三五个人结伴同行，这与奴隶并没什么两样。

当初明太祖朱元璋实行移民屯垦，从江南城乡迁移了4万多人来到两淮地区，充任灶民，被迫从事煎盐劳役。他们流离失所，在一个完全陌生的地方，为谋求生存最起码的条件而含辛茹苦。这些人，成为盐民中的典型群体。

有一首题为《盐丁苦》的歌谣，形象地描绘了盐民的生活状态：

盐丁苦，盐丁苦，终日熬波煎淋卤。
胼手胝足度朝昏，食不充饥衣难补。
每日凌晨只晒灰，赤脚蓬头翻弄土。
催征不让险天阻，公差迫捉如狼虎。
苦见官，活地府，血比连，打不数。
年年三月出通关，灶丁个个甚捶楚。

但，盐民是顽强不屈的。恶劣的生存环境和独特的生产方式，并没有使他们意志消沉，而是迫使他们忍辱负重，坚忍不拔。他们在海边，利用盘铁，轮流煎熬取盐，一个昼夜为“一伏火”。由于盘铁厚大，难以烧灼，因此每举火一次，通常需要连续生产15天左右，数家灶户便集中轮流操作，相互协作，团煎共煮。

这种比较原始的生产方式，历经唐、宋、元、明四代，绵延不绝。在艰辛的煎盐过程中，盐民们注重团结配合，磨炼出了独特的团队精神。也正因为如此，盐城境内出现了西团、新团、南团等数十个地名。顾名思义，这都是取自“团煎共煮”之“团”。

处于社会最底层的人们，创造了多姿多彩的盐文化。

一年四季，每日每时，生活充满了艰辛。然而，乐观的盐民却敢于与天斗、与地斗，苦中作乐，“横吹笛子竖吹箫”。粗犷豪放的盐号子，伴随着草丛旷野里的箫笛之声，在苍苍茫茫的盐滩上回响。漫漫岁月中，这一片由卤水浸泡的土地，因为一大批文人墨客和盐商、盐民、盐官们的砥砺、撞击，凝结出了独特的海盐文化。

清代初期，由于不愿在清廷做官而甘愿回到家乡——东台安丰场做一个盐民的吴嘉纪，是当地绝无仅有的盐民诗人。他的诗作，如此生动地描绘了清代初期水深火热的盐民生活：

悲哉东海煮盐人，
尔辈家家是辛苦。
频年多雨盐难煮，
寒食草中饥食土。
…………
白头灶户低草房，
六月煎盐烈火傍。
走出门前炎日里，
偷闲一刻是乘凉。

这，显然是海盐文化的一个代表。

我们再来看看盐商的沉浮。

两淮盐业的兴盛，促使盐商依靠朝廷的宠惠和地方官府的庇护，成为一个极其显赫的阶层。他们几乎控制了关乎国计民生与军需的经济命脉，乃至成为地域经济的操纵者（在谈到扬州盐商时，我们还会继续叙述这个题目）。

盐商会馆

贱买贵卖，是普遍的商业规律。对于这条规律，盐商们是很精通的。在盐场收购食盐时，采取大桶中盐、压低收价、克扣戥头银水等多种手段，压低价格，剥削盐工盐户。在行销时则囤积居奇，任意涨价和掺假，以牟取暴利。连当时兼管盐政的两江总督陶澍也感慨："计算场价，每盐一斤，不及十文，而转销各处，竟至数十倍之价。"

然而，任何事物都有可能走向反面。盛极而衰，是一条难以逃脱的规律。

明清两代，是两淮盐业最鼎盛的时期。然而到了清嘉庆、光绪年间，已逐渐走向衰败，及至民国初年，渐渐趋向没落。许多学者认为，其衰落的原因，大致有这样几个方面：

一是海势东迁，运河淤积，动摇了盐业的基础。随着淮河上游水土的不断流失，入海口泥沙的大量冲积，海势渐向东去，淮盐的产量便逐年减少。与此同时，大运河的淤积也日益严重，影响了运输能力。盐业的不景气难以避免。

二是清政府向盐商征收的各种盐税和"报效"，吞噬了两淮盐商的利润。盐商在积累了巨额资本后，不管主动还是被动，每年都会有诸多报效，如应急军需的"军需报效"、兴修水利的"水利报效"、备皇室之用的"备公报效"、遇水旱灾害而举行的"赈济报效"、缉私和办理新政的"杂项报效"等等。此外，还要不断向官员送程仪、索规礼、奉别敬。这样做，常常是无奈的。但为了取得经营特权，他们只能承受大小官吏的层层盘剥。转过身去，便设法勒索盐民，以维持自己的利益。这就不能不形成恶性循环。

三是水患频仍，社会动荡。自古以来，淮河就多灾又多事。淮河的洪灾使社会财富遭到大量损失，也不可避免地影响盐商们的利益。清末，社会愈加不安定，外有强敌入侵，内有太平天国运动、捻军起义，清政府为应付浩大的军费开支，加剧了盐税的征收。所有这一切，都给盐业的正常发展带来了影响。

四是以纲变票的制度变化，敲响了两淮盐商的丧钟。清代原本实施纲盐制度，即由政府根据食盐生产地区的产量和各地销售量，确定发售引数，订为“纲册”，每年一纲，招商认引，额满而止。纲盐制度最大的特点，是以产定销，国家赋予盐商窝本世袭的权利，使之获取高额专卖利润，然后再通过强制的盐课和半强制的报效等诸多形式，迫使盐商进行利益再分配，从而获得巨大的收益。但是，到了清嘉庆、道光年间，纲盐制度已遭受严重破坏，不得不逐步改革为票盐制，即取消盐引和引商对盐引的垄断，取消行盐地界的限制，实行“招贩行票，在局纳课，买盐领票，直运赴岸，较商运简捷。不论资本多寡，皆可量力运行，去来自便”的方式。票盐制的实施，终于使两淮盐商失去了长期拥有的垄断特权，从而促使他们彻底走向没落。

有学者认为，两淮盐商走下坡路的最重要原因，是商业利润逐渐被官方抽空，难以用作生产性投资资本，加上他们一直依靠垄断性盐业政策赚钱，商业经验、思想倾向、行为方式等等，都比较僵化，便无法成为西方人所说的资本家。

此外，盐商自身的穷奢极欲，挥霍浪费，也自掘了坟墓。很多人手里有了钱，就往往不思进取，筑园亭，美服饰，精肴馔，养清客，蓄优伶，玩古董，工博弈，骄奢淫逸，声色犬马，失去了创业雄心，只能一步步走向自己的反面。

清代中晚期，随着盐业的衰落，盐城的老百姓越来越多地转向农耕。到了 20 世纪初叶，清末状元、南通籍著名实业家张謇为了发展民族纺织业，动员大批启东、海门、通州的农民，移居盐城沿海,“废灶兴垦”,种植棉花。这个移民潮,迅速改变了盐城的生产结构,大大动摇了作为支柱产业的盐业。

在掌握较高农业生产技术的“启海”农民的参与下,经过长达一个世纪的努力,盐城逐渐完成了对陆域全境的农耕开发,彻底改变了以盐业为主的状态。改革开放以后,在短短 30 余年中,又很快完成了由农业为主向工业为主的结构转型。

今天的盐城,仍然是全省、全国重要的盐产地。但,随着现代工业、现代农业快速发展,盐业在整个地方经济中所占的比重,已经很小。值得称道的是,盐化工业日益兴盛,正展示美好的前景。

盐商之城

诗人白居易曾写过一首《盐商妇》，读来令人感慨：

盐商妇，多金帛，不事田农与蚕绩。
南北东西不失家，风水为乡船作宅。
本是扬州小家女，嫁得西江大商客。
绿鬟富去金钗多，皓腕肥来银钏窄。
前呼苍头后叱婢，问尔因何得如此？
婿作盐商十五年，不属州县属天子。
每年盐利入官时，少入官家多入私。
官家利薄私家厚，盐铁尚书远不知。
何况江头鱼米贱，红脍黄橙香稻饭。
饱食浓妆倚柁楼，两朵红腮花欲绽。
盐商妇，有幸嫁盐商。
终朝美饭食，终岁好衣裳。
好衣美食有来处，亦须惭愧桑弘羊。
桑弘羊，死已久，不独汉时今亦有。

透过这首诗，我们不难从一个侧面看出，从事盐业运销的商人曾经享有何等富裕的生活。

历史学家认为，人类最初的贸易商品，很可能就是盐。从事食盐买卖的盐商群体，从他们诞生的那天开始，就在中国漫长的盐业发展史中，扮演着极其重要的角色。

这里，我们不能不说说扬州盐商。

扬州盐商，堪称18世纪中国商业资本的典范。

大本营设在扬州的盐商们，利用得天独厚的地理优势，凭借智慧与权谋，获得了江苏、安徽、河南、江西、湖南、湖北等六个省份的巨大市场，这六个省份，几乎代表了当时中国经济最发达、人口最稠密的地区。尽管在明清交替之际，这里遭遇“扬州十屠”，血流成河，破坏极其严重。但经过多年休养生息，到了康乾年间，扬州又重新崛起，甚至超越了往日的辉煌。无数徽商与晋商聚集于此，商铺、手工作坊林立，汇兑、钱庄和典当业十分发达。这个灯红酒绿的城市，几乎成为全国乃至东亚地区资本最为集中的地区，规模最大的金融中心，其繁荣程度仅次于风流富贵之地——苏州。

当时的人有如此评价：“天下殷富，莫逾江浙；江省繁丽，莫盛苏扬。”

扬州盐商的鼎盛顺理成章。

扬州都城的繁荣也顺理成章。

奢靡之风，在扬州似乎古已有之。据说，当年隋炀帝是为了去扬州看被誉为“天下无双独此花”的琼花，才开凿了大运河。为了建迷楼，“费用金玉，帑库为之一虚”，竟耗尽了国家财力。所建迷楼，其实是一个宫殿，凌云摘星，飞云宿雾，玉柱金楹，千门万户，复道连绵，幽房雅室，曲屋自通。有误入者，目眩神迷，虽终日，不能出。其实，这一切未免失之夸张。

在中国的版图上，有着漫长的海岸线。规模较大的海盐盐场，集中在沿海地带。尽管扬州不靠海，可是临近长江，河道纵横，水陆交通便捷，自从隋朝开凿京杭大运河以来，成为南漕北运船舶必经之咽喉。自古淮扬就是税赋重地。

“扬州驿里梦苏州，梦到花桥水阁头。”白居易的诗句，写出了扬州与苏州的共同点，都靠近大运河，都是风光旖旎的水乡都市。

扬州境内的古运河，与2 000多年前吴王夫差开凿的古邗沟，走向大部分吻合，与1 000多年前隋炀帝开凿的古运河，水道基本契合。扬州与大运河的长期共存，使运河积淀了深厚的文化，也使扬州愈加流光溢彩。彼此始终辉映着历史文化的霞光。

无疑，古运河给扬州城带来的最大作用，是交通、漕运、对外交往。而这些，离不开盐业的兴盛。

在历史上，扬州曾经获得过三次鼎盛的机会。第一次是西汉中叶，第二次是盛唐到晚唐时期，第三次是清朝“康乾盛世”。“康乾盛世”对于扬州的发展，尤其重要。

朱自清先生是扬州人，对于扬州自然有很真切的理解。他曾在《扬州的夏日》一文中说：

> 特别是没去过扬州而念过些唐诗的人，在他心里，扬州真像蜃楼海市一般美丽；他如念过《扬州画舫录》一类书，那更了不得了……北门外一带，叫做下街，茶馆最多，往往一面临河。船行过时，茶客与乘客可以随便招呼说话。船上人若高兴时，也可以向茶馆中要一壶茶，或一两

种小笼点心，在河中喝着，吃着，谈着。回来时再将茶壶和所谓小笼，连价款一并交给茶馆中人。撑船的都与茶馆相熟，他们不怕你白吃。扬州的小笼点心实在不错：我离开扬州，也走过七八处大大小小的地方，还没有吃过那样好的点心；这其实是值得惦记的……

朱自清提起的画舫，最初是一种运盐的驳船，牵入瘦西湖，架以枋柱顶棚，改装成了漂亮的游船。因为船内仿照厅房，彩绘人物故事，所以称之为“画舫”。至于那些装饰华丽、如亭如榭，徜徉于瘦西湖的灯船，最初也是盐商们的专享。

清人李斗所著的十八卷笔记集《扬州画舫录》，将扬州的地理环境、园亭奇观、风土人物尽收囊中，也以“画舫”作题。这显然也是动了一番心思的。

瘦西湖景色

有人统计过，清乾隆三十七年，扬州盐商一年的利润有1 500万两白银之多，他们所上缴的盐税600万两，占全国盐课的60%左右。而这一年，中国的经济总量是世界的32%，扬州盐商提供的盐税，几乎占了世界经济总量的8%！

用“富甲天下”之类的词语来形容扬州盐商，似乎已显得贫乏。

在所有扬州盐商中，最具代表性的，是徽商。

徽派建筑

徽州人似乎生来就是一个会做生意的群体，永远在中国的商人中出类拔萃。

徽州有这样一首民谣："前世不修，生在徽州，十二三岁，往外一丢。"一代又一代的徽州人，怀揣着一把算盘和《士商要览》《天下路程图引》之类，年纪很小就开始离开家乡，外出经商。多少年来衍成了一个难以改变的传统，假如哪个男人不肯外出，反而会觉得很奇怪。"徽骆驼""绩溪牛"这样的称呼，十分形象地描绘出了徽商创业的艰辛和忍辱负重、坚韧不拔的精神。

徽商最初崛起于明代成化、弘治年间，历经 300 余年的辉煌，经久不衰。"无徽不成镇"，是一句流传很广的俗话，我国东南一带出现了许多贸易重镇，都跟徽商密切相关。徽商除了营销本地出产的竹、木、瓷和生漆、茶叶、笋干等土特产外，也以歙砚、徽墨、澄心堂纸、汪伯立笔等产品，推动贸易的发展。

自然，他们的目光不可能不瞄准盐。

从盐业产量不高时，徽商们就开始经营，后来徽商中成为盐商的愈来愈多，最终将一向经营盐业的山西、陕西商人完全击败。在扬州的徽州盐商，或为场商——专门向灶户收购食盐，或为运商——贩运食盐，各有生财之道。例如徽州休宁人汪福光，专门在江淮之间从事贩盐生意，拥有船只多达千艘。

盐，给禀赋超人的徽商带来了车载斗量的财富。明清时期的徽商，以“富可敌国”来形容，丝毫也不为过。清乾隆年间，徽州盐商的总资本几乎能抵得上全国财政一年的总收入。在扬州从事盐业的徽商，资本有四五千万两银子之多，而清朝最鼎盛时的国库存银，也不过7 000 万两。经由盐业生意，徽商完成了资本的原始积累。

“江淮保障”匾额

这些以赚钱为要务的商人们，从来也不怕背井离乡。活动范围，东抵淮南，西达滇、黔、关、陇，北至幽燕、辽东，南到闽、粤。甚至还将他们的足迹印上日本、暹罗、东南亚各国和欧洲的葡萄牙等地，实在令人叹为观止。

典当业古来有之，与其他行业相比，风险小，获利稳。徽商继操持盐业后，又大举进入典当业。有记载说，金陵（南京）的当铺总共500家，大部分为徽商所有。后来，他们又把典当行设到乡村小镇，因此又有一句俗话流传：“无典不徽”。典当行的掌柜被称为“朝奉”，这个词也源自徽商俗语。徽州方言竟成为当铺的通用行话。

除了典当，还有布商。徽州布商的足迹，遍及苏浙盛产棉布的大小城镇。钱门塘，是沪苏交界处的一个小镇(今属上海嘉定区)。明末时，钱门塘镇丁娘子织的布匹质地特别精良，有个徽商在她家附近租赁房屋居住，专门收购这种布，行销各地。于是，钱门塘附近的外冈、马陆等镇，都纷纷仿效丁娘子的织法，所织之布都被称为“钱门塘布”，它成了徽商手中的畅销货，销往四面八方。清代，徽商集中苏州地区的市镇开设布庄。那里并不产棉，棉织业却很发达，徽商设立了以棉花换取棉布的牙行，叫作“花布行”。为了营造品牌，他们都在自己加工的色布布头上标明专用图记。康熙年间，徽商汪某在苏州开设“益美”字号声誉大起，一年中售布多达百万匹。

米商，也是徽商的重要一支。明朝中叶以后，素称鱼米之乡的苏浙，由于城市发展，人口增加，粮食反而不能自给。徽商就迅速扩大经营，成为吴楚之间从事粮食贸易的主要商帮。乾隆年间，徽州休宁商人吴鹏翔贩运四川米沿江东下，正好碰上湖北汉阳发生灾荒，他一下抛售川米数万石，由此不难看出其资本的雄厚。

徽商遗风

徽州山区盛产名茶，尤其是休宁、歙县所产的松罗茶，历来享有盛誉。茶叶贸易，也自然而然地成为徽商们经营的行业。清乾隆年间，汉口、九江、苏州、上海等长江流域的城市，几乎到处都能看见徽州茶商匆匆忙忙的身影。

古镇周庄，历来有吃阿婆茶的习俗。周庄的许多深宅大院中，至今仍珍藏着祖传的青花瓷盖碗和茶盅，以及高雅古朴的茶壶、图案精美的茶盘。阿婆茶的盛行促进了茶叶的旺销。徽帮茶商吴庆丰开设于清代初年、程义泰开设于乾隆年间的茶叶栈房，至今遗迹犹存。徽帮茶商从产地购进原件毛茶，进行筛选、复焙和窨花，拼色出售，深受茶客的欢迎。

在很大程度上，明清时期江南许多古镇(不只是周庄)的繁荣，与徽商密切相关。

扬州徽商中，比较有代表性的，当数歙县人江春和鲍漱芳。

江春早年因乡试失败，决然弃学经商，在扬州多年苦心经营，终于获得了丰厚的利益。他深谙官商结合的道理，乾隆皇帝六次下江南时，江春总是徘徊接驾，并慷慨捐银30万两。这样的马屁，自然拍得很到位，赢得了乾隆皇帝的好感。乾隆不仅为他手书“怡性堂”匾额，还赐封为内务奉宸苑卿，授以布政使的头衔。

扬州瘦西湖有一座砖砌三层白塔，酷似北京北海公园的喇嘛塔，这座白塔就是江春建造的。他以布衣上交天子的超凡手段，充分显示出徽州盐商的财雄势大。

鲍漱芳也没有科举经历，自幼跟随父亲在扬州经营盐业，获得了很大成功。有了钱，他懂得回报(或者说，懂得政治投资)，曾多次慷慨捐款，为朝廷济困。1805年黄河、淮河大水灾，洪泽湖决堤，他先后捐米6万石，捐麦4万石，赈济了数十万灾民。改六塘河需开山归海，他集众输银300万两。

鲍漱芳这样做，自然深得嘉庆皇帝赞赏。乾隆皇帝也曾经亲笔为鲍家祠堂写了“慈孝天下无双里，锦绣江南第一乡”的对联。紫阳书院就是由于获得鲍漱芳捐款才得以重建，一直保持至今。

政治家与商人的互惠互利，并不难理解。晋商也很懂得官商结合，但是他们的公关手段和资金投入，远远比不上徽商，所以在扬州也就稍逊风骚了。

居住在紫禁城里的乾隆皇帝，一生中有六次下江南，每次都不忘去扬州游玩。无疑，他心底里对于扬州盐商享受的天堂一般的生活，不无羡慕。每一次南巡，常常对人说的一句话是：“扬州之乐，可复得乎?”在扬州，他能享受到紫禁城里享受不到的乐趣。这一切，无疑都是盐商们为他创造的条件。

民间传说，乾隆来到瘦西湖游玩时，对陪同官员说，这里很像北京北海的琼岛春荫，只是差一座白塔。第二天早晨，他推窗一看，一座白塔竟然已矗立在湖畔。原来，这是盐商们设法一夜之间用食盐堆砌成的，不禁使龙颜大悦。当然，盐商们仿照北海，建成一座名副其实的白塔，也不在话下。

当时的扬州盐商，还特意在瘦西湖上修建了“春台祝寿”一景，以表示对皇上的无上敬意。这一带的建筑，处处体现出皇家园林富丽堂皇的宏大气派。

扬州地方史料记载：“扬州园林之盛，甲于天下。由于乾隆六次南巡，各盐商穷极物力以供宸赏，计自北门直抵平山，两岸数十里楼台相接，无一重复。”

不难想见，扬州盐商在“迎銮”时，是如何极尽阿谀之能事了。

这里的缘由很简单，盐商的巨额利润，几乎都是依靠皇恩而获得的（用今天的话语说，就是借助了政策优势）。他们心知肚明，因此对于显赫的政治势力和权贵，总是倾力结交。

与之并存的，则是盐商的极端势利。商人难免势利，而两淮盐商的势利尤其胜过一筹。《履园丛话》中说，“余谓天下之势利，莫过于扬州；扬州之势利，莫过于商人；商人之势利，尤萃于奴仆”。为了说明两淮盐商的吝啬，扬州方言中有“淮瓶子”一说，十分形象。

有一些盐商，其实早年也是读书人，“士不得已而贾”，往往由于科场失意，才背井离乡，投身于商场。他们虽然在盐业商务活动中获取了丰厚利益，内心仍信奉学而优则仕，并不看重商人这个职业，所以不希望亲人像自己一样，从事商业活动。只要一有机会，就会不惜千金，去买个一官半职。或者是千方百计花费重金，延请名师，培养后代悬梁苦读，以博取功名。

这看起来很矛盾，实际上丝毫也不难理解。

盐商们在这里修筑邸宅、园林、戏院，纵情声色犬马，终日与美酒、美食、美人为伴。扬州这个长江以北的城市，迅速崛起于世界城市之林，足以与苏州媲美。所以，一直到今天，尽管扬州地处长江北

盐商邸宅

岸，可是人们仍然将它纳在江南文化圈内。道理不复杂，扬州的文化生活与江南其他古城毫无二致。

因为盐商，扬州催生了诸多行业。盐商喜欢优美的居住环境，于是形成了成熟的园林建筑市场，养活了大批的花匠、石匠、瓦工、木工；盐商喜欢灯红酒绿，于是昆曲在这里兴盛，出现了不少戏院和戏班子；盐商喜欢山珍海味，于是出现了淮扬菜系和名厨；盐商喜欢悠闲生活，于是出现了大量的茶馆和澡堂。盐商喜欢逛妓院，妓女又好打扮，于是出现了脂粉业……盐商的消费，导致了城市的畸形繁荣。他们有足够的能力埋单，拉动了城市的不平衡内需。

与物质富有形成反差的是，绝大多数盐商的精神贫困。

《扬州画舫录》卷六举了这样一个例子："扬州盐务，竞尚奢丽……有欲以万金一时费去者，门下客以金尽买金箔，载至金山塔上，向风扬之，顷刻而散，沿江草树之间，不可收复。"买了大量的金箔，运到塔顶，让它们随风四处飘扬。扬州盐商竟然把金钱作为玩具，在这种虚幻的流光中求得满足。

在盐商的社会关系网中，除了官员和商人，还有文人。盐商口袋里有钱，常常附庸风雅，以豢养文人清客为时髦，喜欢扮演艺术赞助人的角色。反过来，文人们也赋予了盐商相当的艺术品位和文化含量。

迅速富足起来的盐商，为了争取和保持自己的社会地位，不仅攀附官府，也寻求走通"贾而儒"的途径。不少盐商兼商人与士子于一身，融厚利与富名于一炉。他们主持风雅活动，广交文友，与诗人和书画家密切往来，在经济上给予资助，这大大活跃了扬州的文化气氛。"扬州八怪"就是与盐商相互依存，生活上得以安定，艺术上得以发展的。难怪有人说，没有扬州的盐商，不可能有“扬州八怪”。

有必要多说几句昆曲。

清乾隆年间，扬州盐商以皇帝南巡为契机，纷纷置办昆曲家班，以迎銮接驾，出现了昆曲史上著名的“七大内班”，这对于昆曲的发展产生了极为重要的影响。

据成书于清乾隆六十年(1795 年)的《扬州画舫录》记载，“结彩属官乐部，里中呼为吹鼓手。是业有二，一曰鼓手，一日苏唱，有棚有坊。民间冠婚诸事，鼓手之价，苏唱半之。苏唱颜色半伺鼓手为喜怒。其族居城内苏唱街”。所谓“苏唱”，正是昆剧，扬州人对昆剧有这种特别的叫法。“苏唱街”这个街名至今还在扬州保留着。过去这里是昆剧艺人的聚居地，扬州的老郎庙——梨园总局就在这条街上。

从书中的记载可以看出，“鼓手业”并不仅仅经营吹打，还可以包含其他行业。如“结彩”，就和吹打并无联系。“结彩”指的是通常所说的“张灯结彩”。“有棚有坊”就是“结彩”的服务项目。“棚”指的是彩棚，“坊”指的是牌坊，以竹木为框架，用彩色布匹绸缎结扎成各式花朵以装饰之，它们纯粹是为了营造气氛而架设的。

《扬州画舫录》卷五还以很大的篇幅，详细记载了元明清三代的传奇、杂剧名录，计有 1 013 种。随后又有几十种补遗。另有资料表明，清乾隆四十五年(1780 年)，巡盐御史伊龄阿，奉旨在扬州设词曲局，“修改曲剧”，剧本主要由苏州织造送去，总计修改和校阅 1 104 种(其中有部分花部剧目)。

前几年，我曾协助苏州昆剧传习所所长顾笃璜先生，参与做了一些《昆剧传世演出珍本全编》的出版工作。从 20 世纪 50 年代初起，顾笃璜就和几位助手（包括他的女儿）认真整理、校勘、打印文稿，从徐凌云先生的《慕烟曲谱》，李翥冈先生的《同霓裳羽衣曲谱》《犹古轩曲谱》以及苏州顾氏过云楼旧藏曲本中，选录出 1 431 折，编成 16 函 160 册，几乎把能够搜集到的明清以来的剧本和曲谱都聚拢了。还有少量剧本有待搜集，将来作补遗，但容量已远远超出了《昆剧全目》抄本。《昆剧全目》抄本是清嘉庆年间内廷供奉的陈金雀之祖传藏本，收录清代中叶盛行于舞台的昆剧剧目 1 298 折。

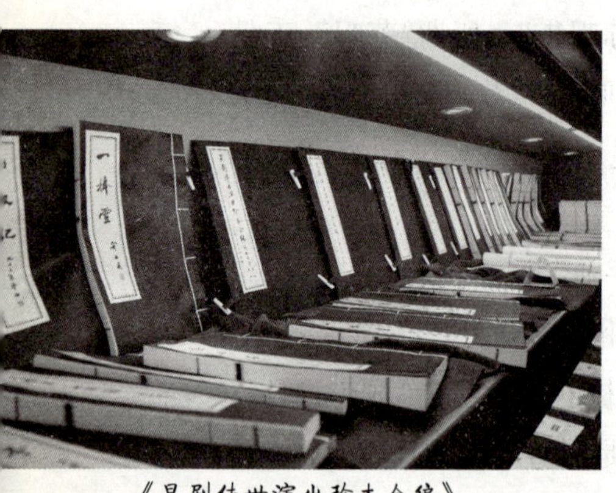
《昆剧传世演出珍本全编》

但是，《扬州画舫录》卷五中的不少传奇、杂剧目录，我仍然闻所未闻。

从《扬州画舫录》还可以看出，入清以后搬演折子戏渐渐成为风气。到了乾隆、嘉庆年间，由于花部诸腔的勃兴，纷纷与昆剧争胜，昆曲艺人们便在原有名剧的精彩折子上下功夫，促使折子戏的演出达到了高潮。折子戏经艺人反复加工，在思想内容、情节结构、人物刻画上都有了新的成就，尤其在表演艺术上，刻画人物精益求精，细腻传神。歌舞高度综合，达到了载歌载舞的境地。各个行当在不同的折子戏中也都有发挥，逐渐形成了各行脚色完整的演技体系。乾隆时期，昆剧表演艺术在行当和表演程式等方面均已基本定型，逐渐出现了“巾戏”“闺门旦”“作旦”等名目，这反映了昆剧行当从“南戏七色”“江湖十二脚色”，进而发展为“二十家门”的过程。

淮扬菜系的形成、发展，也与扬州盐商密切相关。当时，每个盐商家中都有自己的庖厨，每一顿饭要备数十种菜。到吃饭时，侍者端菜到主人面前，主人以菜的色泽选其食用，不被选用的要重新换其他类。选料、烹制精益求精，这必然推动厨艺的发展。别的不说，光是在扬州的早茶，就是一桌丰盛的宴席，足以诱惑人了。最老牌的富春茶楼，开业 120 多年间，每天都是顾客盈门，从来没有冷落过。

朱自清先生说：“扬州的小笼点心，肉馅儿的，蟹肉馅儿的，笋肉馅儿的且不用说，最可口的是菜包子和菜烧卖（面皮里包香米）还有干菜包子。菜选那最嫩的，剁成泥，加一点儿糖一点儿油，蒸得白生生的，热腾腾的，到口松地化去，留下丝余味，干菜的也是切碎，也加一点儿糖和油，燥湿恰到好处，细细地咬嚼，可以嚼出一点橄榄般的回味来……”看了他的描绘，谁能不想去品尝一番？

顺便说一句，因为盐而富庶的扬州，还蓄养了大量的闲人，整天无所事事，游手好闲。他们习惯于“早上皮包水，晚上水包皮”——早晨泡茶馆，晚上泡澡堂。很多人早上一起床就往茶馆赶。他们的毛巾牙刷都放在茶馆里，连洗漱都在茶馆里。太阳高照，却不做什么事。这是扬州文化最销蚀意志的一面。

廊桥休憩

千百年来，兴旺的盐业带动了扬州城的发展，城区留下了众多与盐业有关的历史建筑遗迹。有人统计，清嘉庆后，扬州共有 200 多处上规模的园林，仍然保存盐商文化遗迹的四五十处。其中，个园是一处不能不提及的园林式建筑。

其实，个园最初是一座盐商住宅。

与今天的土豪喜欢秀香车、美女、游艇一样，明清时代的扬州盐商争相购置宅园，逐渐形成了私家园林争奇斗艳的景象，以至有人这样说："杭州以湖山胜，苏州以市肆胜，扬州以园亭胜，三者鼎峙，不可轩轾。"

个园的营造，与两淮盐商商总黄至筠相关。

黄至筠祖籍浙江杭州，他凭着卓著的经商才能，积聚起万贯家财，被嘉庆皇帝钦赐"盐运使司盐运使"，一生中曾两次进京为皇帝祝寿，入圆明园听戏，是当时有名的"红顶商人"。

清代嘉庆二十三年（1818 年），黄至筠在明代寿芝园旧址上，建成了一处宅园，名曰"个园"。这，其实是一所前宅后园式的江南私家园林。建造个园大约花费了 20 年时间，耗银 600 万两，相当于当时江苏省一年的赋税。

顺便说一句，清初画坛"四僧"之一的朱耷，号八大山人、个山或个山驴。他擅长于花鸟、山水，通过象征寓意的手法，对所画的花鸟、鱼虫进行夸张，以其奇特的形象和简练的造型，使形象突出，甚至将鸟、鱼的眼睛画成"白眼向人"，以此来表现自己孤傲不群、愤世嫉俗的性格。个园与个山有怎样的联系，有待专家考证。

从个园正门进入不远，映入眼帘的便是一片竹林。黄至筠的五个儿子个个饱读诗书，二儿子黄奭更成为清代辑佚大家，他本人也信奉“宁可食无肉，不可居无竹”。在这里，“个”，是竹叶的形状，“个园”恰恰是竹子之园。一直到今天，个园内的万竹园依旧是扬州城内最有名的赏竹处。有竹子 60 余种，近 2 万竿，不乏稀有品种。

穿过竹林，是一条由桂花树枝叶交错的林荫小径。从书楼、黄家厨房、楠木厅、清美堂、汉学堂……昔日黄氏盐商的住宅，一一展现在人们面前，尽显家居生活的奢华。

个园住宅，以“禄、福、寿”为主题，由东、中、西三路建筑组成，前后各三进，各路建筑间以火巷相隔。整体建筑群规模宏大，按照中国传统的“九宫格布局”建筑样式修建，占地 3 500 余平方米，建筑面积 3 000 平方米。其餐厅金丝楠木厅，是扬州保存较为完好的楠木厅，楠木千年不朽，万年不腐。采用如此粗大的楠木作为大梁，完全是主人家丰厚家资的写照。

如果说个园单体建筑体量宏敞、用料考究，代表了扬州盛极一时的盐商文化，个园的四季假山则是扬州古典园林艺术的杰出代表。

站在春山月洞门口，可以看到门外一幅别开生面的竹石图。春山以贴山、围山、点石等手法构成了一幅“十二生肖闹春图”。夏山用石讲究，每一块石头都体现出“瘦、皱、漏、透、秀、丑”的赏石特点。秋山用黄石叠成，气

盐商的园林

势磅礴，植物以枫为最多，一经秋霜，叶尽深红。冬山用宣石以掇山、贴山、围山三种手法垒叠，构思最为精巧、独特，是最富创意的一景。假山之中，则是个园最大体量的建筑抱山楼。

古典园林专家、同济大学教授陈从周先生曾对多处扬州园林做了实地测绘，并写下《扬州园林与住宅》。他说：

“个园以假山堆叠的精巧而出名。在建造时，就有超出扬州其他园林之上的意图，故以石斗奇，采用分峰用石的手法，号称‘四季假山’，为国内唯一孤例。”

记得陈从周先生还说过，昆曲与园林，是江南传统文化主要的两个元素。耐人寻味的是，攀登艺术巅峰的昆曲与园林，恰恰是建筑在盐业兴盛的基础之上。盐商们为人类的两大非物质遗产的存在，不自觉地作出了特殊贡献。

盐运之城

山西运城，查“百度百科”，可以看到这样的词条解释：“是中华民族文化的祖根，是人类第一次用火的地方，是人类最早食用盐、开始冶炼和农耕文明的地方，是华人祖先最早聚集生活的地方，更是最早称中国、中华、华夏的地方……”

我不知道这样的评价是否有些夸张。或许是自己太保守，总觉得“最早”“第一”这样的字眼慎用为好。然而，无论如何，一个古老的城市，终究有其值得骄傲、值得夸耀的地方。

运城，在春秋时称“盐邑”，战国时叫“盐氏”，汉代改称“司盐城”“盐监城”，宋元时更名为“凤凰城”“运司城”“运城”，世人称为“盐务专城”——因盐运而设城，整个中国仅此一处。

所有这些名字，都跟运城的盐湖有关。

运城盐湖，古称“河东盐池”“潞池”“解池”，是世界上第三大硫酸钠型内陆咸水湖泊。它自东北向西南延伸，长约 30 千米，宽 3 000—5 000 千米，湖面海拔 324.5 米，总面积达 132 平方千米。

环绕盐湖，有大片大片的湿地。这里水草丰富，芦苇茂密，长年栖息着各种各样的候鸟。湖中阡陌纵横、碧波浩淼、生机盎然。湖畔，长年不断的硝堆，远望犹如一座座银山，近看好似一扇扇玉屏，构建出难以用语言描绘的迷人景观。

在漫长的岁月中，由于盐池水面低于涑水与黄河汇合处的高度，天然降落的雨水与古汾河、涑水及其支流携带的大量含有机物的泥沙，源源不断地注入其中，久而久之，沉积了厚度可达数千米的地层。

与此同时，由于在湖盆沉陷的过程中，湖水的蒸发量大于自然降水量，促成了盐类矿物的形成与储存。筚路蓝缕的先民居住在盐湖之畔，在与大自然的交往中，渐渐懂得了它的功效，也渐渐学会了利用……

这，便是运城盐池形成的缘由。

它是大自然创造的一个旷世奇迹。大自然的创造，往往会超出人们的想象。

运城盐池的食盐，从一开始就是太阳暴晒，自然结晶，集工捞采。对此，北魏著名地理学家郦道元有过这样的记述："水出石盐，自然成印，朝取夕复，终无减损。"含有盐分的卤水，经过风吹日晒后自然结晶成盐，无需人工晒制。这样的自然晒盐，主要是利用太阳的光和热，同时借助风力飏干。池盐经人们捞采过后，还会再次结晶，然后再捞采，如此反复进行。勤劳的人们不需要晒制工本，就可以坐收自然之利。

郦道元是北魏范阳涿县（今河北涿县）人。他在北魏当过御史中尉，曾在各地"访渎搜渠"。在用心观察水道等地理现象后，所撰注的《水经注》，是一部极有价值的地理巨著。我们可以推测，当时他很可能来到运城盐池，作实地考察。

然而，这种生产方式毕竟是很原始的，靠天生产，每遇风雨雷电，产量不可能稳定和持续增加。又因为不假人力，盐的质量也难以控制。周代把盐池出产的盐称为“苦盐”，这主要是由于卤水中含有大量的芒硝，无法去除。

人，终究是聪明的。在漫长的发展过程中，人们从单纯被动地依靠天然结晶，不断向主动的人工垦畦晒盐方向探索，逐步提高了池盐的产量和质量。

晒盐奇观

后来创造的垦畦浇晒法，也就是用人工垦地为畦，将卤水灌入畦内，利用日光、风力蒸发晒制成盐。这样做，彻底改变了运城盐池原始的生产方式，促使盐池的产量、质量有了很大提高。经济效益也得到明显的改善。正因为如此，盐利逐渐成为国家财政的重要支柱。当时的王宫贵戚资费和百官俸禄、军队粮饷，多靠盐利收入支付。

直到今天，运城盐池仍流传这样的民谣：“南风起，盐始生。”传说虞舜曾在盐池之畔的卧云岗上，抚五弦之琴作《南风歌》：

南风之薰兮，可以解吾民之愠兮。

南风之时兮，可以阜吾民之财兮……

南风，是祥和之风，温暖之风。来自南方的季节风，每年到了仲夏时节，也正是自然界万物复苏，迅速生长，开花结果的时节，它自然而然会吹拂过来，降临到河东盐池，温暖转而炎热的气候，就会持续较长的时间。炎热，恰恰适宜于盐的生成结晶，给人们带来如珠如玉的白盐，带来丰收的喜悦。

盐池南边的中条山上有盐风洞，“仲夏有候风出，声隆隆然，俗称盐南风，盐花得此，一夕成盐”。南风，不只是自然现象，好像是上苍专门为生活在河东盐池的人们造福。

舜帝抚琴高吟《南风歌》，决不是偶然的，他清楚地认识到了南风在食盐生产过程中不可或缺的作用，有感而发。《南风歌》的流传，也契合了人们祈求南风顺畅的心理。

所以，后来盐池一带的人们都将南风称为“盐南风”。

一首《南风歌》，揭示了中华民族的起源的奥秘。

有专家考证，尧都平阳，距离运城盐池大约 138 千米；禹都安邑，就是今天的夏县，距离盐池约十几千米。而舜都蒲坂，也就是永济蒲州，正是舜帝当年建都的地方。许多文史学家认为，尧、舜、禹都在运城盐池附近建都，为中华民族的繁衍奠定了基础。甚至有人说，假如运城盐池不在河东，尧、舜、禹或许就不会在此建都。华夏民族的发展，很可能会是另一种脉络……

难怪，运城人很骄傲地说：“五千年文明看运城。”“嫘祖养蚕”“后稷稼穑”“舜耕历山”等与农业有关的古史传说，都发生在运城。从这个意义看，百度百科的那些“最早”“第一”，并无虚构。

随着华夏民族的兴盛，运城盐池的重要性越来越显现。春秋时期，运城盐池一带属晋国。晋文公重耳利用盐池的自然优势，因势利导，推行了“轻关易运，通商宽税”的政策，鼓励商业发展。正是如此，晋国很快涌现出历史上第一批富商。

据《国语》记载："降邑富商，其财足以金玉其车，文错其服，能行诸侯之贿。"商业的发展带动了整个社会经济，晋国迅速强大起来，作为春秋五霸之一，称霸达 160 年之久。

战国时期著名的纵横家张仪是魏人，家乡离运城盐池并不远。自幼耳闻目染，深知盐业经济的重要价值。所以，他在挂了秦国相印东去游说赵王时，讲过这样的一番话：

> 今楚与秦为昆弟之国，而韩、梁称为东藩之臣，齐献鱼盐之地，此断赵之右臂也。夫断右臂与人斗，失其党而孤居，求欲毋危，岂可得乎？

"齐献鱼盐之地"，失去了重要的经济支柱，对于没有鱼盐经济而靠齐国接济的赵国来说，这无疑是断失了右臂，在这种形势下，其危险处境就可想而知了。

张仪的这番说教，恰好从一个关系国家安危的事实，说明了盐业经济的重要。

当时，不仅仅齐国、赵国是如此，占据着盐池的魏国，也概莫能外。联想到齐国管仲的主张"正盐策"，汉代后的盐类专卖政策的确立，我们不难看出，历来的统治者都无法不把盐业作为财赋的重要支柱来倚重。所以北魏孝明帝时，人称"盐池天藏，资育群生"。

河东，历来为兵家必争之地。在这块三角地带，曾经上演过许多你死我活的征战场面。

北魏孝明帝孝昌三年（527 年），雍州刺史肖宝寅据州反叛，薛风贤反于正平，薛修义屯兵河东，据有运城盐池。在这种情况下，负责征讨叛兵的长孙稚竟违抗孝明帝的命令，不是先去征讨关中之贼，而是先解河东之危。他坦然叙述了这样的理由："蒲坂一陷，没失盐池，三军口命济瞻理绝。"随后，长孙稚又一次不执行孝明帝废盐池税的诏令，继续征税，以维持军用。

事实证明，长孙稚占据河东，控制盐池，把握盐利是正确的。他并非刚愎自用，一意孤行，而是权衡了整个局势的利弊。这样做，无疑很有战略眼光。

一地的得失，关系到中央政权的安危。而河东的战略地位，除了地理环境，盐池显然是重要的因素。

上述种种，清楚地显示盐业经济价值的不可忽视。

事实上，运城盐池经济始终是河东经济发展的核心，即便是到了新中国成立后，随着科学技术的飞速发展，各业经济发生了很大变化，人们仍然密切关注着运城盐池资源的开发利用。运城已成为中国最大的无机盐化学工作基地，多种化工产品不仅在国内市场上畅销，还销售到十几个国家和地区。

运城盐池，其实是一个封闭型的内陆盐湖，从来地势低洼。而在盐池的北面，还有一条居高临下的涑水河。每逢大雨时节，山洪暴发，河水横溢，四面八方的水流就哗哗地注入盐池。

长久以来，民间对于运城盐池就有这样的说法："以主生水，以客水败"，"治水即治盐"。

显然，水与运城盐池的兴衰存亡，有着极其重要的关系。历朝历代的统治者，都很重视盐池的水利，纷纷采取多种治理措施，修筑水利工程，以确保盐池的正常生产。

距离运城盐池北约 2 000 米，有一条姚暹渠。姚暹渠原名永丰渠，是在后魏正始二年(505 年)，由都水校尉元清主持开挖的，到隋朝大业年间(605 年)，又经都水校尉姚暹重新开挖，所以得名姚暹渠。姚暹渠的源头在运城盐池东南部的夏县王峪口，汇集了盐池边的诸多水流，疏导而流入黄河，全渠长 131 里，渠身宽 3 丈，即使在今天看来，姚暹渠也是一项伟大的水利工程。

姚暹渠修好后，产生了显著的作用，可以防止客水进入盐池，保证了盐池的质量。与此同时，运城盐池的盐也能通过姚暹渠，运到五星湖，再通过黄河运往陕西、四川一带。

且让我们回过头来，看看运城的演变史。

春秋战国时，这里就出现了“盐氏”的名称。到了汉代，叫作司盐城，或监盐城。所谓城，其实并没有城垣，仅仅是一个村子。直到元代以前，仍然是一个村子，名叫潞村。然而，由于盐池，这个小村子声名远播，不容小觑。

元至正十六年(1356 年)，朝廷决定在潞村原有的基础上大规模修筑城池，负责建城的是当时官居盐运使的那海德俊。

那海德俊是皇室贵戚，又兼盐运使，手里握着大权，可以四处调动人力、财力、物力。他当然也很想干成一件彪炳史册的大事。历时数年，一座崭新的城市就在河东大地巍然耸立了。

在为城市起名时，人们自然而然选择了“运城”——一座专门运盐到海内各地的城市。

运城因盐池而生，因盐池而发展壮大。到了明清两朝，这座城市又经历了多次增修、扩建，使城池建筑更加完备，规模更大，逐渐发展成为河东名城。

盐湖的南面，是中条山腹地的九龙山。它原名九黎山，传说是九黎族首领蚩尤的故里。山里有一条古老的运盐道，被称为虞阪古盐道，距今已有 4 000 多年的历史。全长约 20 多千米。河东池盐就是通过这条人工开凿的山道，以骡马、独轮车等运输工具，运往黄河茅津古渡，再走水路进入中原地区的。

《战国策》中，有一个“伯乐遇骐骥困盐车处”的故事。原名叫孙阳的伯乐先生，有一天行走在虞阪道上，突然看到了一匹埋头拉盐车的千里马，他顿时两眼放光，心跳加速，不由击掌大叹：嘿，怎么能让这样的良驹干苦力，运送白花花的池盐？它应该去做更加重要的事情啊！于是，这匹受奴役的好马被解救了出来。虞阪古盐道上，有一串串石窝印痕，据说正是千里马踩踏出来的。

《史记》中也有一个故事说，鲁国的穷士猗顿，“耕则常饥，桑则常寒”，穷困潦倒。于是，他去请教陶朱公，陶朱公指点了他致富的办法。猗顿来到盐湖附近的一个小村，养了一大批牛羊。在发展畜牧业的同时，他又经营盐业，往西南地区贩运。关中的天时、地利、人和，为猗顿经营盐业和畜牧业创造了极大的商机。他充分利用这个优势，迅速垄断了盐业和畜牧业市场。甚至将视角转向海外，开辟了通往欧洲腹地的商路，进行盐业贸易。在短短十年间，猗顿便因富裕而驰名天下，被称为中国最早最成功的盐商。

河东盐池以源源不断的自然资源，满足着人们对生活的基本需求。在时代的变迁中，随着盐业生产的繁荣，以盐池为中心，西经长安至西南地区，南经洛阳、开封等地到达中国南方，食盐的贩运成为主要的经济活动之一。正是在生存需求和经济活动的双重带动下，黄河两岸形成了一座座千年古都。

顺便说一下，元成宗铁穆耳大德三年（1299 年），河东盐运使奥屯茂，就在运城创办了一所运学。“天下运司有五，唯河东有专学。”运学不只是培养盐务人才的专科学校，也是由盐务衙门出资兴建，接纳盐商和盐丁子弟入学就读的普通学校。

明清两代，运学经过多次修缮，规模不断扩大。运学里设教授和训导，正七品的教授与县太爷平级，甚至比县太爷声望大得多。清末，随着西风渐进，运学改设为河东商学。

盐，不仅带来了财力的集聚，也促进了文化的交融。直到今天，南北不同乐器的合奏，仍余音绕梁。

作为盐池所在地，运城自有其独特之处。

别的不说，这座以盐立城的城市，留下了一个特殊的建筑学称谓——禁墙。中国古建筑中的禁墙，大都是指皇家宫廷的墙垣，运城在明代修建的禁墙却与之不同。

“禁垣一周，计长一万七千四百二十二丈。高低随乎地势，东南西北不一……禁墙之外有马道，以便往来。马道之外有隍堑，以蓄野水，深阔皆丈。垣内外又置铺舍，以居逻卒。”

今天，禁墙虽然仅有残垣断壁，但雄姿尚存。

运城修建禁墙，是为了保护盐池。

禁墙修好以后，果然发挥了三个作用。一是防止盗盐。二是控制了盐丁出入。盐丁的管制从来很严格，进来以后，就不允许轻易外出。三是调节水流。盐池禁墙下面留有水库，盐池最怕水，但是也离不了水，因为没有水晒不成盐。天旱缺水的时候，把禁墙外边的水库打开，可以把外面的水引进去。假如遇到暴雨洪水，堵住水库，就能保护盐池。

运城盐池四周，保留着许多盐文化的遗址。

建于唐代宗大历十二年(777 年)的盐池神庙,坐落于盐池北畔的卧云岗上,宏伟壮观,结构严谨,布局合理。它融三大主殿、盐文化博物馆、海光楼、歌薰楼、汉唐采盐工场、戏台、东西厢房及数十座唐、宋、元、明、清的石碑铭文于一体,令人在领略盐湖秀美风光的同时,体味到盐文化的博大精深。

位于中条山腹地的牛家院摩崖石刻,铭记着北周大象二年(580 年)开通运城盐池,通往茅津渡口的运盐故道的情景,是非常珍贵的盐业史料,对研究"潞盐"运销史有着特殊价值。

在明代之前,对于运城盐池的地理位置、环境、建筑、生产状况,只是见诸一些文字记载,到明代却有了碑刻。

明代的运城盐池石刻图有两通。

一是明神宗万历六年(1578 年)盐运使李廷观重镌的《解池图》。《解池图》原刻于何时何人,已不可考。一个偶然的机会,李廷观在运学学宫的明伦堂下发现它,因为原刻损缺较多,李廷观便命人照图重镌一通,并撰写了《重镌解池图记》。这篇文字印录于清代盐书中,重刻的《解池图》却已失落,令人惋惜。

二是万历二十五年(1597 年)由巡盐御史吴楷主持镌刻的《河东盐池之图》。石刻高 1.03 米,宽 1.07 米,下有基座。历经 400 多个春秋的风剥雨蚀,图文仍然清晰可识。《河东盐池之图》原立于池神庙前众多的石碑之间,现藏于运城市博物馆内。除刻有运城盐池在明万历年间的全貌,还附刻吴楷撰写的《南岸采盐图说》。

当时,巡盐御史吴楷听有人说盐生于黑河,他不"任耳"而"任目",便亲自前往察看。在盐池,他亲眼见识了采盐的苦状。于是,在《南岸采盐图说》中引用了明武宗正德十年(1515 年)

任河东巡盐御史的朱裳写的《捞盐诗》句："二州十县，盐丁万余。夏五六月，临池吁且。临池吁且，炎暑薰灼。且勤且惧，手足俱剥。手足俱剥，亦既劳止。载饥载渴，亦既病止。亦既病止，公事靡盬……"

他对盐丁辛苦的采捞生活，寄予很大的同情。有憾于歇咏难述，便绘制图形，刻镌于石，以传后世。

《河东盐池之图》，给后人留下了明代运城盐池的地理形状、生产场面，是研究明代盐池十分珍贵的实物史料。

除了碑文，前人也为盐池写下了大量文赋。

《盐池赋》，是东晋著名文学家郭璞最早写下的。后来，唐天宝年间中书舍人闫伯玙和明代万历年间兵部尚书刘敏宽也先后写过《盐池赋》。吴仲舒和李叔各写有《南风之薰赋》。唐代著名文学家柳宗元写了名篇《晋问》，明代吕子固写了《盐池问对》。他们从不同的视角，充分展示自己的才华，对运城盐池作出描绘和赞美。

郭璞在《盐池赋》中写道：

> 水润下以作咸，莫斯盐之最灵，傍峻岳以发源……若乃煎海铄泉，或冻或漉，所赡不过一乡，所营不过钟斛。饴戎见珍于西邻，火井擅奇于巴濮，岂若兹池之所产，带神邑之名岳，吸灵润于河汾，总膏液乎浍涑。

他对运城盐池作出了客观的评价。这些闪烁着思想神采的文句，历来为人们所津津乐道。

吴仲舒在《南风之薰赋》中，歌颂了南风之"德"和"惠"："斯以发号施令，前规后监，三农以之协洽，兆人以之无咸"，"薰风之有德也，使国富以人安；薰风之有惠也，使时和而俗阜"。这，可以说是对舜的《南风歌》的极好释解。

吕子固《盐池问对》书写的内容极为广泛。他不仅描绘了运城盐池的地理位置:“近在解池之东,远至安邑之左,南限中条,北滨峨嵋,形若沐盆,平如砥石,袤狭广长,幅员百里”,也写出了城市的历史沿革:“周官以盐人掌盐而有盬盐,谓不炼治者,盖解池也。穆天子传有安邑观盐池语。左传鲁成公六年,有晋人郇瑕沃饶近盬之说,则解盐载之籍亦久矣……”

在文章中,我们可以看出宋代的生产状况:“在宋,池次为沟,布畦其间,岁以二月一日畦户入池,盖庵治畦淘沟,俟风至,引水灌种,水深一二寸乃已。径数时水面盐花浮上,若凝脂皎雪,谓之拓花。以其必击拓而后成盐也。乃用木扒遍打,沉于水底,风力滚荡,逼以烈日,映水视之,若贝齿然。色即洁白,粒如斗颗。”“东南有盐风洞,盐花得此,一夕成盐。”“东北、西南风,则拓花不浮,满地如沸稀粥,谓之粥发,其味苦涩,不堪食,刮其畦外。”

与此同时,文章也介绍了盐的销区:“其食盐之广三省十府,州三十二,县一百八十九。则山西平阳、泽、潞、辽、沁;陕西西安、延安、凤翔、汉中;河南开封、河怀、南阳、汝宁也。”

甚至,他还将池盐与海盐、井盐的制作,作了一番比较。

我觉得,最值得一读的,毕竟还是要数柳河东柳宗元《晋问》中的一段文字:

猗氏之盐,晋宝之大者也。人之赖之与五谷同,化若神造,非人力之功也。但至其所,则见沟塍畦畹之交错轮囷,若稼若圃,敞兮匀匀,涣兮鳞鳞,逦弥纷属,不知其垠。俄然决源酾流,交灌互澍,若枝若股,委屈延布,脉写膏浸,潗湿滑汩，弥高掩庳，漫垄冒块，决决没没，远近混会。抵值堤防，漯瀛霈濊。偃然成渊，漭然成川，观之者徒见浩浩之水，而莫知其以及。神液阴漉，甘卤密起，孕灵富媪，不爱其美。无声无形，熛结迅诡，回眸一瞬，积雪百里。皛皛幂幂，奋儨离析，锻圭椎璧，眩转的皪。乍似陨星及地，明灭相射，冰裂雹碎，嵱嵷增益。大者印累，小者珠剖，涌者如坻，坳者如缶，日晶熠煜，萤骇电走，亘步盈车，方尺数斗。于是裒敛合集，举而堆之，皓皓乎悬圃之巍巍，皦乎溔乎，狂山太白之淋漓。骇化变之神奇，卒不可推也。然后驴骡牛马之运，西出秦陇，南过樊邓，北极燕代，东逾周宋。家获作咸之利，人被六气之用，和钧兵食，以征以贡。其赉天下也，与海分功，可谓有济矣。

作为唐宋八大家之一的柳宗元，是山西河东人。出家门几里路，就能看见盐池。对于河东盐池，他了如指掌，更充满了感情。仅仅用300多字，便写尽了盐湖的自然风貌、盐花的生成结晶、盐工生产的壮景，以及运城盐池对国计民生的巨大贡献。一支生花之笔，用描写、比喻、拟人等多种修辞手法，写得那么美丽，那么灵性。他将盐池的盐山，比喻成昆仑山顶的悬圃，高峻而壮观；比喻成太白山那样酣畅淋漓，变化莫测，看到的人无不感到震惊。

细细阅读这些文赋，在感受文采与灵性，获得艺术享受的同时，我们可以清晰地看出盐文化的历史演变。

盐官与重臣

盐业，自古以来是朝廷的经济命脉，所以历代帝王对盐官的选择与任用，是十分用心的。打个不太恰当的比方，犹如今天许多地方选拔干部，多从招商人才中物色。他们思想解放，紧密围绕中心工作，敢于突破条条框框，擅长与跟各种各样的人打交道，大胆引进外资，很容易获得领导们的器重。

纵观历代盐官，不难发现，他们要么是颇有才干的能人，要么是皇帝的亲信。盐官之中，涌现出不少有历史影响的人才。一些下层盐官，因为有政绩而擢升为朝廷大官。

北宋时的晏殊、吕夷简和范仲淹，就是其中的代表。

据《宋史·列传第七十》记载，晏殊，“字同叔，抚州临川人。七岁能属文。景德初，张知白安抚江南，以神童荐之。帝召殊与进士千余人并试廷中，殊神气不慑，援笔立成。帝嘉赏，赐同进士出身”。

晏殊 14 岁时，参加宋真宗赵恒主持的考试，“神气不慑，援笔立成”，状态很好，文章更是写得非常流畅。待复试时，他发觉试题是自己温习过的，要求另出试题。这让赵恒很感到吃惊，再次出题，晏殊仍然获得了好评。赵恒十分高兴，立即赐同进士出身，擢秘书省正字，秘阁读书。没多久，赵恒又将他破格提升为东宫官，并且说："近来群臣游玩饮宴，只有你闭门读书，如此自重严谨，正合适做太子的老师。"

晏殊没有辜负皇帝的期望。身为朝廷宰相，他喜欢奖掖人才，范仲淹、孔道辅等人都出自其门下，韩琦、富弼、欧阳修、宋祁等人都因而被重用。晏殊还热心教育事业，"大兴学校，以教诸生"。不过，晏殊在文坛上的成就，远远超过政治。他尤其善于作词，有"导宋词之先路""北宋倚声家之初祖"的美誉，被戏称为中国唯一的"词人宰相"。

晏殊所作小令，语言婉丽，音韵和谐，温润秀洁，清新含蓄，其代表作《浣溪沙》："一曲新词酒一杯。去年天气旧亭台。夕阳西下几时回。无可奈何花落去，似曾相识燕归来。小园香径独徘徊。""无可奈何花落去，似曾相识燕归来"，成为传诵千古的名句。据说得来也很偶然。有一次，晏殊途经扬州，对于江都县尉王琪在大明寺的题诗十分欣赏，特地请他吃饭。筵席以后，两人在花园中闲步。时值春晚，晏殊望着夕阳下的遍地黄花，有感而发："我作了一句'无可奈何花落去'，几年来，竟未能对出下句！"王琪抬起头，用手指指天空的飞燕，不由笑道："何不用'似曾相识燕归来'？"晏殊豁然开朗，拍手叫绝。

后人研究考证，这首词应作于西溪盐官任上。

早慧的晏殊，被派往泰州西溪镇（今江苏东台市西）担任基层盐官，似乎是为了给他锻炼、培养的机会。晏殊"性刚简，奉养清俭"，时刻牢记自己肩负的责任。尽管盐官当得很辛苦，他却乐此不疲。不仅勤勉处理盐务，还在西溪办学，为盐民造福。

当地人为了纪念他，特意将附近的一条小河称作晏溪。

与晏殊同时代的吕夷简，最高职务曾达到同中书门下平章事、集贤殿大学士，相当于丞相。据《宋史·列传第七十》记载，吕夷简"字坦夫，先世莱州人。祖龟祥知寿州，子孙遂为寿州人"。

吕夷简从政时，很注意体恤民情，爱惜民力。宋真宗曾对他说："观卿奏，有为国爱民之心矣。"宋仁宗登位后，"太后临朝十余年，天下晏然，夷简之力为多"(《宋史》)。他是仁宗年间实现社会安定的一位有功之臣。

在西溪任盐官时，吕夷简也是一个爱民好官。当时西溪人家都种植牡丹花，吕夷简到任后，也植牡丹一株，聊以自慰。他将牡丹围以朱栏，悉心呵护，竟然花开百朵。吕夷简月下看花，情不能已，当即赋《咏牡丹》一首："异香浓艳压群葩，何事栽培近海涯。开向东风应有恨，凭谁移入王侯家？"吕夷简以花自喻，其怀才不遇之情溢于言表。

不过，发牢骚归发牢骚，吕夷简在西溪任职期间，管理盐政却从来没有懈怠过。否则，他就不可能有后来的青云直上，登上最高政治舞台的机会。

宋天禧五年(1021年)，33岁的范仲淹被任命担任盐官，去往泰州西溪镇监盐仓，主要任务是收缴盐税。

濒海的西溪镇地处偏僻，生活清苦而又孤寂。他亲眼看见盐民沉重的劳动和艰辛的日子，心里很是矛盾。假如催税太紧，逼税太狠，会残害老百姓；假如收税进度太慢，银子不能上缴，又要受到上司的斥责，作为小小的盐官，没有尽到自己的职责。

位于里下河流域的西溪镇，是由淮河冲积而成的，平坦而低洼，一旦有海潮袭击，盐田和盐灶就可能被一冲而光。多年来辛苦开辟的农田，由于海水淹渍，严重地盐碱化，产量很低。假如堤岸倒塌，海水满溢，很多房屋会被冲毁，民众大量流亡，不仅税收难以完成，连百姓维持生命的粮食都保不住。

范仲淹明白，要确保税源，首先要帮助盐民解决生计问题，使他们的生命获得保障，每天有饭吃。因此，他向淮南转运副使张纶呈报，请求重筑捍海堰。

从唐代中叶起，这里就修筑捍海堰——环绕通州、泰州、楚州的海堤。到了宋代，由于逐年加固，已经形成了一条长堤。它北起阜宁沟墩，南抵东台以南。然而，由于入宋以后，官吏们放松了水利，原来建成的海堤多年失修，被海潮侵蚀渐渐毁坏，抗灾能力明显减弱。加上这些年兴修的田地、盐池都需要堤防来保护，必须实施捍海堰重筑工程。

当时，很多人觉得，范仲淹只是一个从八品小官，要倡议兴建一个涉及通、泰、楚三州的大工程，似乎有点不自量力。然而，张纶得到范仲淹的折子后，很快转奏仁宗，请求皇帝任命范仲淹为兴化知县，负责协调全部工程的实施。

天圣元年(1023年)范仲淹征集了数万民工和士兵，开始捍海堰的施工。很快进入冬季，雨雪连绵，海潮又频频侵袭，民工和士兵猝不及防，冻死、淹死的多达100多人。不少人打退堂鼓，说捍海堰看来是筑不成的了。朝廷派官员前来查看，下令让淮南转运使胡令仪与范仲淹商讨，看看工程究竟能否继续进行。最终，胡令仪接受了范仲淹的观点，没有放弃实施捍海堰工程。

不久，母亲因病逝世，范仲淹回故乡为母亲守丧。在这之前，他又调任楚州，离开兴化。尽管如此，他仍然念念不忘捍海堰的修筑，给张纶写信，鼓励张纶努力实现这一宏愿。

在范仲淹的鼓励下，张纶三次上表朝廷，自请去泰州府任职。天圣五年（1027 年）秋天，张纶上任后几个月，就带领民工，抓紧修筑捍海堰。第二年春天，就顺利完成。这个规模宏大的工程，长达 150 里。

捍海堰完成后，在捍防海潮中发挥了重要的作用。一是堤内有束水不至于伤盐，二是可以隔开外潮，不至于冲毁良田。看到这种情形，原来逃亡在外的盐民和农民，纷纷返回家乡。

后来，人们将这条捍海堰称为“范公堤”。

范仲淹与吕夷简后来有过一段恩怨纠葛。

最初是在明道二年（1033 年），仁宗皇后郭氏被废。对待这件事，范仲淹与吕夷简的态度大不一样，彼此造成很大矛盾。

在封建社会，宫廷中的立后与废后，是国之大事。宋仁宗皇后郭后嫉妒成性，心胸狭窄，行为蛮横，且立后九年，依然无子，仁宗便产生了废后之意。吕夷简赞成废郭后，范仲淹却竭力反对。吕夷简所参与选定的皇后曹氏，按《宋史·后妃上》的记载，是“性慈俭，重稼穑，常于禁苑种谷、亲蚕，善飞帛书”。废弃郭后，不仅符合仁宗的要求，更符合国家稳定的利益。

景祐二年（1035 年），范仲淹出任权知开封府事。他认为吕夷简选拔官员多出其私门，于是向仁宗上《百官图》，明确指出，进退近臣必须由皇帝亲自把握，不能全都委托宰相吕夷简。吕夷简看到了《百官图》，却隐忍着，没有发作。

后来，契丹国的南侵野心加剧，范仲淹主张建都洛阳。宋仁宗征询吕夷简的意见，吕夷简以为范仲淹注重追求自己的名声，却缺乏必要的政治才干，徒有虚名而已。范仲淹知道后，上“四论”攻击吕夷简专权徇私。吕夷简恼羞成怒，以“越职言事”的罪名，把他请出了京师，落职知饶州。为范仲淹鸣不平的欧阳修等人也一起坐贬。

景祐四年（1037 年），吕夷简也因朋党之争罢为镇安节度使、同平章事、判许州。这就是景祐年间的吕、范的“朋党之争”。不过，这两位北宋名臣的争斗，完全是“明争”而无“暗斗”，所争论的都是“国事”而非“私仇”。

康定元年（1040 年），西夏攻宋，西北前线形势吃紧，范仲淹调至抗击西夏前线，官复原职，知永兴军。吕夷简主动对宋仁宗说：“范仲淹是当世的贤臣，朝廷要任用他，怎么能只是官复原职呢？”于是范仲淹被任命为龙图阁直学士、陕西经略安抚副使。

庆历元年（1041 年），范仲淹担任延州知州，继续抗击西夏。鉴于西夏首领元昊有悔过之意，范仲淹给他写了一封信，晓之以利害，不料元昊复信态度极其傲慢，言辞不堪入目者比比皆是。范仲淹当着使者的面烧掉了来信。一时朝中议论纷纷，大臣们认为范仲淹不应当与元昊私通书信，更不该焚书灭迹。

不久，宋仁宗召集大臣们讨论如何处理此事。征询到吕夷简时，他说：“大将在外，有些事不能全由朝廷控制。两国交兵，使者、书信往来也是正常的，不能因此加罪于范仲淹。”

吕夷简以国事为重，保护了范仲淹。两位曾经有诸多矛盾的朝廷大臣，在边境战事迭起、国难当头时，丝毫没有怨怼，以公心相交，被传为官场佳话。

诸葛亮，字孔明，号卧龙。三国时期蜀汉杰出的政治家、军事家、散文家、发明家，官至丞相。他一生“鞠躬尽瘁、死而后已”，成为中国传统文化中忠臣与智者的代表。

事实上，诸葛亮更是一位经济学家，十分注意盐业和丝织业的生产，实行盐业官营和开展蜀锦贸易，为蜀汉经济的恢复与发展，立下了汗马功劳。

在治理蜀汉时，诸葛亮很认真地设置主管盐铁业的官员，以实施盐铁官营政策。据《三国志·蜀志·王连传》载，王连因居官有治绩，被任命为“司盐校尉，较盐铁之利，利入甚多，有裨国用”。由他推荐、选拔了一些能干的人，如吕义、杜祺、刘干等，充任这方面的官吏。这些人后来都为治理国家发挥了很大作用。

诸葛亮不仅关心盐铁生产，还作了很多研究。“临邛火井一所，从广五尺，深二三丈，并在县南百里，昔时人以竹木投以取火，诸葛丞相往视之，后火转盛热，以盆盖井上，煮盐得盐”（张华《博物志》）。这是一个十分典型的例子。正因为诸葛亮重视盐铁业，亲自前往盐井视察，改良煮盐方式，使蜀汉政府所获盐铁之利丰厚，大大增强了国力。

陕西礼县的盐官镇，原名卤城。早在战国时期，这里便设置官吏，专门管理盐业生产。盐官自古盛产井盐，历史非常悠久。民间流传着这样的故事：当年，诸葛亮攻取了曹魏军事要寨祁山之后，曹魏大军退居卤城。正值小麦黄熟时节，诸葛亮一面加紧修筑营寨，一面密谋筹划抢收小麦。曹魏大都督司马懿派大将张郃镇守塞道，进逼祁山，自己亲率将士抢收小麦，以图困死蜀军。

就在魏军收完小麦即将运走时，熟悉盐业、了解卤城地形的诸葛亮，导演了一出虚虚实实的夺粮迷魂战。

那一天，在四辆四轮车上，稳稳坐着四个簪冠鹤氅、羽扇纶巾的诸葛亮，各有24个皂衣赤足、披发仗剑、手执七星皂方的卫士推车，上千名军士护车，500名军士擂鼓。他们分四路向魏军杀来。司马懿真假难辨，乱了方寸，慌忙间弃了卤城，逃往上邽。诸葛亮又派姜维伏兵塞道，在张郃后军点起硫磺杂草，断了张郃的后路。足智多谋的诸葛亮，成功地将魏军小麦全部运到了祁山寨中。

盐与曾国藩，也有很多关联。

曾国藩是生活在晚清末年，他一生恪守“立德、立功、立言”的古训，成为中国历史上的一代大儒。从清咸丰十年（1860年）至同治九年（1870年），曾国藩屡任两江总督，例兼两淮盐政。清同治十三年（1874年），两淮盐商集体上呈了一道折子，大意是：两江总督兼管两淮盐政曾国藩，为广大盐商开拓了长江盐路，没有来得及报恩，曾公就不幸去世了。不敢动用公款建造曾公祠，准备将盐商们捐建的盐宗庙改成曾公祠，请朝廷允准。这份折子很快就获得了批准，盐宗庙开始祭祀曾国藩。

当然，这已是后话。

当时，长江下游大部分地区被太平军占领，淮南盐的生产、运销大受影响。淮盐不行，盐税无着，财政收入明显减少，这对于清政府无疑是很大的打击。同治三年（1864年），湘军攻克南京，太平天国宣告瓦解，淮河得以畅通，曾国藩立即下令革除饷盐名目，改复票盐旧制。他说：“淮北盐务，自前督臣陶澍改行票盐，意美法良，商民称便，果能率由旧章行之，百年不敝。”

曾国藩力筹对淮南盐务进行整顿，他提出了四点建议：

一是疏销。因邻盐侵占淮盐引岸，本轻利厚，淮盐不能与其相敌。查之不胜其烦，堵之又恐生变。曾国藩与湖广、江西两省督抚商定，将邻盐厘金酌量加抽，让邻盐与淮盐并行不悖。

二是轻本。在对各地查访后，曾国藩认为盐厘虽不能全停，但未必不可以暂缓，除扬州、镇江两处仍照旧额抽厘外，其余各地未始不可少减。采取此法，“既减厘以便商，又先售而后纳”。

三是保价。曾国藩决定在楚、西各岸设立督销局，派委大员驻局经理。盐运到岸，商贩投局挂号，悬牌定价，挨次轮销。这样即使“时而盐少，亦无食贵之虞，时而销滞，商贾无亏本之虑”。

四是杜私。盐务走私，有两种情况，一种是明目张胆的私枭，一种是包内重斤和船户夹带。对明目张胆的私枭，可以派兵缉拿；而对包内重斤、船户夹带，所谓官中之私的偷漏，查禁却非常困难。针对这些情况，曾国藩修改旧章，制定新政，“苟无单而贩私，即按律而科罪，无论官运营运，悉照商运一律办理”。

在整顿淮南盐务的同时，淮北盐务因以盐抵课，紊乱旧章，疲坏已极，也亟待大加整顿。为了整顿淮北盐务，曾国藩旁咨博访，参考成法，决定恢复票盐旧制。与此同时，他下决心采取“三停”措施。一是停止摊派性质的捐盐。二是停止北盐运徐。三是停止朋贩毛盐。只要“三停”得以实现，那些强封害贩、科敛病商、引界混淆和营利充斥之类的弊病，就可以得到清除。

此外，还作了四个方面的整理。一是删除杂费，二是减厘裁卡，三是课厘分摊，四是盐票相符。

曾国藩整顿淮北盐务，裁革了饷盐，恢复了票法，理顺了紊乱的运销制度，淮北盐务渐渐有了起色，从而增加了清政府的盐税收入。曾国藩主张恢复票盐制，不再专行纲法，又把纲法的一些内容行之于票盐之中，这就是他的“寓纲法于票盐”的思想。

在瓜洲设立淮盐总栈，是近代盐政和盐运史上的一件大事。从清初一直到嘉道年间，淮南盐都在仪征的天池掣验开江。后来因黄泥滩日见淤涨，导致仪征运河淤浅，大型盐船难以通过，所以在咸丰三年（1853 年）将淮南盐的江口行掣改在泰兴县的口岸镇。

当时，太平军已占领南京并且建都，直接威胁着清王朝的盐运。十多年后，太平军被平定，长江各口岸需盐量日增。此时，淮南盐因海气东迁，部分盐场萎缩，以淮北盐补济，再由运河绕行口岸盐栈会有很多不便。清政府对盐税的渴求却有增无减，因此，于同治四年（1865 年）四月在瓜洲设淮盐总栈，专门行销两淮盐引。

总栈迁移瓜洲，就是由当时的两江总督兼两淮盐政曾国藩选定并且认可的。曾国藩认为，瓜洲具备开栈条件，不足的是入江口河道狭窄，冬季会有浅阻之虞。于是，专门筹款将运盐河道全部挑浚深通。

这，让当地的人们至今仍念念不忘。

民间有一个故事。据说曾国藩幼小时天赋并不高。有一天夜里，他在灯下读书，一篇文章读了很多遍，依然没能背出来。一个贼悄悄潜伏在屋檐下，想等他读完书睡觉后，来偷点东西。谁知，曾国藩翻来覆去还在读那篇文章。贼忍无可忍，推门进去说：“你看看我是怎么读书的！”他将那文章背诵了一遍，扬长而去。

曾国藩被一个小偷如此奚落，自尊心遭受极大刺激。或许我们有理由猜测，当他手里掌握了盐务大权后，对于那些走私偷运的盐枭，就格外痛恨，采取诸多措施重拳打击。

苏轼并非盐官，可是他因盐为百姓请命，被传为美谈。

元丰八年(1085 年)，苏轼在山东登州任军州事，给朝廷写了一个奏章，名为《乞罢登莱榷盐状》，为的是请求在山东登州、莱州废止榷盐法。他这样说：

臣听有人说，近年来京东之地推行榷盐法，不仅获得厚利，且没什么妨害，以为可以在大范围内实行。依臣看来，河北淮浙之地，因用盐稀少，推行起来可能较为便利。可人们却不知道，京东的贩盐小客，榷盐后没有了别的生计，大半去当了盗贼。独有为臣所管领的登州，三百里之地，地瘠民贫，没有商贾到这里来，这里的盐产只是供本地百姓所用。

现在榷盐入官，官府买盐价贱，比起灶户卖给百姓的价钱来，还不足三分之一，灶户因此大量失业。灶户逐渐逃亡，这是榷盐的一个害处。

居民本来居住咫尺大海边，却强令他们吃很贵的食盐，深山穷谷之民，甚至无盐而食淡，这是第二害。

盐商不到这里来，煮好的盐堆着运不出去，官仓全都装满了，只能露天堆放。再卖不出去，这些盐过一两年就粪土不如了。官府因此亏失本钱，官吏因此被责罚，这是第三害。

听说莱州的情形，也是如此。拟提请朝廷，以实情出发，先行废止登莱两州榷盐，依旧法令灶户直接卖与百姓，官府收取盐税。对于其余州军，再委派官员施行。

苏轼在登州的时间非常短，可他一到登州，“入境问农，首见父老”(《登州谢上表》),深入了解民情,然后向皇帝提出了两项治理登州的建议。其中一条便是罢登莱榷盐。他认为,登州和邻近的莱州靠海,地瘠民贫,如果一律实行榷盐政策,不仅会加重百姓的贫苦,对国家财政收入也是有害无益。

榷盐法,讲白了就是食盐榷禁专卖制度。从五代开始,历朝执行有严有松。我们暂且不去讨论榷盐法的优劣功过,能否在食盐的运销中尊重价值规律,以商品经济法则进行市场化运作,苏轼的忧国忧民之心,已令人感动。

与载入史册的忠臣良相不同,也有一些盐官,营私舞弊,为非作歹,让坏人钻盐政的空子,自己则由此牟利。

历来的官府重视盐政。到了明代,由于涉及边备,所得款项用于边防武备开支,尤其被倚重。当时,官府鼓励富商大户交粮纳款,以换取“仓钞”。再按仓钞发派“盐引”,即运售食盐的许可证。没有盐引而经销食盐,属于贩私盐,将受到法律严厉惩处。

然而,由于盐政败坏,商人纳粮以后,手握仓钞,却迟迟支不到食盐,导致仓钞贬值,一度几乎成为废纸。

《金瓶梅》中叙述了与此有关的故事。虽然是以宋代为背景,却影射了明代补救盐政的措施。

小说描写,不久前,西门庆与亲家乔大户共纳仓钞三万,按照朝廷的新规定,可以派盐引三万。这可是一个不算小的数字。

当时有规定,手里握有仓钞的商人,可以派给盐引,赴场支盐,虽不能全额支给,但是毕竟有了松动。西门庆很敏感,知道有了机会，必须设法抓住。

西门庆明白，自己的这个商业投入，只要一转手，便可获利万两。当然，仅有自己努力是不够的，必须依靠蔡御史的帮忙。

蔡御史跟西门庆是老交情了。此人是权臣蔡京的干儿子。当年，经蔡京的管家翟谦介绍，曾到西门庆家"打秋风"。西门庆明知道他是来占便宜，仍以好酒好菜和美色伺候，临走还借给他白银一百两。如今，他荣任巡盐御史，到扬州上任途中，再次来到西门庆家，这可是正中西门庆下怀。西门庆不惜重金摆宴招妓，款待蔡御史。自然，也不失时机提出了支盐的请求。

明代盐政的弊端之一，便是支盐难。当时有人记述说："商人支盐如登天之难……有守候数十年老死而不得支者，令兄弟妻子支之。"相反，"势要支盐如反掌之易"（朱廷立《盐政志》）。《明史》也有记载说："当是时，商人有自永乐中候支盐，祖孙相代不得者。"显然，如果朝中无人，手握盐引的西门庆即便本事再大，仍然难以支盐、套现。

酒酣耳热之际，西门庆向蔡御史提及心事。

他说："有一事在此，不敢干渎。"蔡御史很爽快，说道："四泉，有甚事只顾吩咐，学生无不领命。"西门庆说："去岁因舍亲那边，在边上纳过些粮草，坐派了些盐引，正派在贵治扬州支盐。只是望乞到那里，青目青目，早些支放，就是爱厚。"说着把揭帖递了上去。蔡御史看了，只见上面写着："商人来保、崔本，旧派淮盐三万引，乞到日早掣。"蔡御史笑道："这个什么打紧！……我到扬州，你等径来察院见我。我比别的商人早掣取你盐一个月。"西门庆道："老先生下顾，早放十日就够了。"蔡御史把原帖就袖在袖内。一面书童旁边斟上酒,子弟又唱。唱毕,已有掌灯时分。西门庆又安排妓女董娇儿陪蔡御史过夜……

小说中的这一段,写得风平浪静,不徐不疾。然而,蔡御史表态对于西门庆,却真正是解决了一个大问题。

恰恰是在最为紧俏的时候,早放十天,晚放十天,盐的价格肯定大不相同。西门庆巧妙地巴结手里握有实权的官员,开后门早早支出食盐,运到湖州、南京一带发卖,很轻松地获利十倍。其他开不了后门的盐商,只能干瞪眼。

我们从这个侧面可以看出,盐政衙门有太多的漏洞。假如官员严格履行职责,西门庆怎么会钻到空子,遥遥领先?

仅一笔买卖就挣回来两万两,真是一本万利的勾当。接着,西门庆又经由蔡御史,结识了巡抚宋乔年,通过贿赂,独自承包了朝廷坐派的一笔古器生意,又获得丰厚利润……

犹如天下的盐官并非都恪守职责,天下的重臣也不可能都为国为民。贾似道便是奸臣的代表。

众所周知,贾似道“少落魄,为游博,不事操行”,靠着姐姐贾妃宠信于宋理宗,以裙带关系进入朝廷。尽管整天在西湖边醉生梦死、寻欢作乐,却连续不断地升官。30多岁的时候,已经当上了参知政事、知枢密院事(管理军事的首脑),掌握了朝廷的军政大权。

明代冯梦龙《古今谭概》中说,南宋大奸臣贾似道,先前任职两淮,对食盐之利,心中非常有数。当时,除了谋反以外,罪行莫大于贩卖私盐,格杀勿论。即使这样,无视法律不怕杀头的还是大有人在。当时,贾似道就调动了100只船到浙江临安贩盐。当然,他也不敢在白天行事,但那阵势也着实太大,消息很快就传遍了临安城的大街小巷，有个太学生写了这样一首诗讽刺贾似道：

昨夜江头涌碧波，满船都载相公鹾。

虽然要作调羹用，未必调羹用许多？

贾丞相家要喝肉汤，确实是要用盐来烹调的，可是煮点肉汤怎么用得了100只大船拉的盐呢？

贾似道听说后，气得七孔冒烟，暴跳如雷，派人把这个太学生抓起来关进了监狱。

顺便说一句，1961年8月20日，北方昆曲剧院新编传统戏《李慧娘》在北京公演，受到了社会广泛好评。这个戏叙述南宋奸相贾似道游西湖，姬妾李慧娘见书生裴禹英俊，不禁脱口称赞。贾似道不露声色，回府后却杀死李慧娘，又将裴禹骗入相府囚禁。李慧娘的鬼魂与裴禹幽会，贾似道遣家将刺杀裴禹，李慧娘救裴禹出府，并与贾似道当堂辩论。剧本描写裴禹对南宋腐败朝政的抨击和李慧娘对奸贼贾似道的反抗斗争，突出了李慧娘的正义感。

但，1963年5月6日，上海《文汇报》整版发表题为《“有鬼无害”论》的署名文章，猛烈批判了北方昆曲剧院演出的昆剧《李慧娘》和由廖沫沙发表在北京晚报上的文章《有鬼无害论》。这一切，成为“文革”导火索之一……

显然，从臭名昭著的贾似道身上，今天的我们是完全能领悟到很多东西的。

历史往往是一面镜子。

盐巴的角色

苏东坡曾写有一篇《蜀盐说》：

> 蜀去海远，取盐于井……自庆历皇以来，蜀始创“卓筒”。用圜刃凿，如碗大，深者至数十丈；以巨竹去节，牝牡相衔为井，以隔横入淡水，则咸泉自上。又以竹之差小者出入井中为桶，无底而窍其上，悬熟皮数寸，出入水中，气自呼吸而启闭之，一筒致水数斗。凡筒井皆用机械，利之所在，人无不知。

东坡居士不愧是一位伟大的文学家，他用生动形象的语言记录了一段盐业科技发明的历史。

西方人罗伯特·K.G.坦普尔的《中国：发明与发现的国度》，提供了重要的佐证。他认为，是中国宋代盐井钻井技术，直接引发了西方钻井技术的发明。即使是现在的机械钻井取盐、采石油、采天然气等等，也都是在卓筒井技术的基础上演变而来的。

考古学家们深入四川盆地，跋山涉水，东寻西觅，终于在大英县找到了始创于北宋庆历年间(1041—1048 年)的卓筒井。

令人惊讶的是，在大英县卓筒井镇，盐工们依然可以像

1 000年前一样，用竹片和竹筒从地下 120 米深处提取制盐的卤水，尽管井口只有一只碗口大小，他们使用的设备，看起来也很土。吊上引杆，接上汲筒，蹬几下吱扭的羊角车，再拽住强韧的篾绳，一百来斤的装满卤水的汲筒，就晃晃悠悠地从海碗粗细的竹井口被提上来了。钩开筒底的牛皮线，白花花的卤水，一下子喷涌到填了胎的竹篓子里。

考古学家们看见，就在卓筒井前方几十米的半山腰上，有一座粉墙黛瓦的房子，正冒着熬卤的袅袅青烟。当地的农民都会到这大顺灶柜上买“花盐”，有时候还要些刚出井的卤水，沉淀一下用来做泡菜。那泡菜格外咸香爽口。

蜀地开采井盐的历史，被梳理清楚了。

查阅晋人常璩所撰的《华阳国志·蜀志》，可以发现：“周灭后，秦孝文王以李冰为蜀守。冰能知天文地理……又识水脉。穿广都盐井，诸陂地。蜀于是有养生之饶焉。”李冰在带领巴蜀百姓开山移土、修筑举世瞩目的都江堰工程时，发现了成都平原丰富的地下卤水。

开凿井盐，既能富国利民，又推动了凿岩穿井技术，这项伟绩，足以与他在水利方面的贡献媲美。

煮盐

至于煮盐，历史也很早。川民们早在三国时期，就开始以天然气为燃料，熬制井盐，这个方法叫作“敞锅熬盐”。古往今来，在操作工艺上有所改进，基本方法却始终延续，没有根本改变。

在四川自贡，人们往往会用“川盐济楚”这个词，来说明曾经的食盐输出。这也意味着，它和山西运城、江苏盐城一样，是纯粹由于对盐资源的开发利用而兴建的城市。

今天的人们，似乎是从名声很响的恐龙化石和彩灯来认识自贡的。这里拥有世界上最好的恐龙博物馆，自贡灯会则与哈尔滨冰灯南北交相辉映，誉满海内外。在自贡，制灯、展灯、举办灯会推动经贸交易，已成为一项新的产业和城市经济增长点。

其实，从灯会只能看到自贡的一个侧面。

世界上很少有哪个城市能像四川自贡这样，地下埋藏着丰富、优质的盐卤，又拥有大量易于开采的天然气资源。卤水和燃料，自古以来就是盐业生产的两大优势。

“人类文明的形成与迁徙线路，都与盐产地密切相关。围绕古老的天然盐湖、盐池、盐泉和岩盐，往往聚居着许多早期的人类先祖，并逐渐形成最早的原始群落。进而发展成为氏族集团，并最终成为人类文明的摇篮……”

自贡千年来的形成与发展，为盐史专家的这段论述，提供了十分重要的证据。

中国盐政历来实行定点运销的制度。也就是说，一个地方出产的食盐，只能就近销售到政府指定的地区，不得越界倾销。因此，自贡食盐即使质优价廉、生产能力巨大，也无法获得更多的市场份额，只能销售到四川南部以及云南、贵州的部分地区。比如说，具有长江水运优势的两湖地区，虽然距离四川很近，却一直被朝廷划定为淮盐的销售专区，川盐始终难以进入，尽管人们一直想改变这种状况。

幽静的水镇

淮盐，因淮河横贯江苏盐场而得名。这片盐场分布在北起苏鲁交界的绣针河口、南至长江口这一斜形狭长的海岸带上，跨越连云港、盐城、淮阴、南通四市的13个县、区，占地653平方千米。长长的海岸带有全国最为广阔的沿海滩涂，四季分明的气候条件，适宜于海盐的生产，历来产量很高。这让历代朝廷格外看重。

一个千载难逢的商机，是突然出现在川盐面前的。

1851年，太平天国运动兴起。两年后，太平军攻陷武昌，随即控制了长江中下游地区，定都南京。军事局面的迅速变化，出乎人们的意料。这样一来，江苏沿海地区生产的淮盐，就无法通过水运到达湖南、湖北两省，这个地区因缺盐而盐价飞涨。清政府不得不下令，将四川的盐调往湖南湖北，自贡盐商借此获取了暴利。

暴利很快刺激了盐业生产的扩张。以盐商为主的各色人等，纷纷将资金投放到新盐井的开掘上。大批盐井、天然气井、煮盐灶房开工建设，促使地处四川盆地南部的富商云集的小城，愈加百业兴旺。

太平天国被镇压以后，长江下游水运又重新开通。为了重振被战争破坏的江浙一带的经济，清朝政府下旨，淮盐重新进入湖南、湖北。从此，川盐的控制区又只剩下与四川邻近的湘鄂西地区。

1937 年，抗战全面爆发，日军炮火攻打上海。国民政府将大批人员、物资运往武汉等内陆地区。随后，上海、南京、广州先后沦陷，日军禁止沿海地区的食盐运往内地，企图以此逼迫国民政府投降。这时候，四川出产的井盐成为中国人民坚持抗战的重要物资。

这，被称为“第二次川盐济楚”。

历史往往是令人难以捉摸的。有时候，是某些盐枭引发了战争；有时候，却是战争造就了盐商。

人们常常将四川称为“巴蜀之地”。巴，其实是指当年巴人居住的地方，并不全都属于四川。今天，中国仍然保存着许多与巴人有关的地名，如湖北的巴东、陕西的镇巴、四川的巴中、重庆的巴南以及著名的大巴山等等。

巴人，是古代生活在三峡地区的一个神秘氏族。最初，他们就是用三峡地区众多的盐泉煮盐，以此作为经济支柱。

《山海经》中有记载，西南有巴国，祖先叫咸鸟，咸鸟生乘禧，乘禧生后照，后照或许正是巴人的始祖——所有这些，无不涂抹了浓重的神话色彩。

也有学者提出了创造性的观点，认为“咸鸟”的咸，其实暗示了巴人祖先的职业，他们很可能是帮助巫咸国推销食盐的盐商。到了后照时代，因为运盐有功，得到巫咸国王的册封，巴国才得以建立。

历史上的巴人，确实是一个与盐颇有渊源的民族。他们生于江边，长于江边，常常驾驶船在江面上奔波，以捕鱼为生，并且用鱼儿与两岸的农牧民族交换粮食，彼此往来十分密切。

很难想象，巫溪大宁盐场一带，在古时候曾经是富庶之地。整个盐场长达五里，场上万灶盐烟，河面百舸争流。四川盆地和鄂西地区百姓所需的食盐，全都依赖于这里供应。宁厂镇在最繁盛时，有十万人以盐业为生，四方商旅云集，一派繁盛景象。

大宁盐场的四周遍布崇山峻岭，连猿猴也难以攀登，是巴人沿着狭窄险要的山道，翻越秦岭，将盐巴背出山外，作为商品与别处的人交换。在长期的运输过程中，巴人渐渐开辟了长达4 000 里的盐运山道（当地人称之为“秦楚大道”）和长达 400 里的盐运水道，与长江相通。与此同时，巴人还沿着大宁河岸边，凿修成了一条 300 里长的引盐栈道，让滚滚巫溪盐泉沿着大宁河直下巫山。

巫咸国垄断了三峡一带的食盐资源后，很需要有人为它推销食盐，巴人渐渐成为巫咸国的经销商。他们不再用鱼，而是用这些“盐巴”，与周边的民族展开贸易，建立了一个农业资源贫瘠却“不耕而食，不织而衣”的乐土。

随着岁月的演进，人们逐渐发现，三峡一带并不是只有巫溪才出产食盐，江水之下的盐泉中也藏有食盐。只要设法煎煮江水，将它熬干，就可以获得，这种盐被称为“泉盐”。巴人千方百计制造大木桶，隔断淡水，终于获得了泉盐。

一处又一处的盐泉，被巴人发现，又被开发出来。当鱼国、夔国始终在依靠巫咸国提供食盐时，巴人已经能够自食其力，使用自己熬制的泉盐，成为仅次于巫咸国的盐业大国。

巴人凭借得天独厚的资源，占据了三峡地区所有的盐泉资源。日益增长的食盐产量，带来了经济的繁荣，促使他们的势力更加强大，所控制的地盘也不断扩张。到了春秋后期，巴国囊括了东到巫山山脉、西至四川宜宾、北接陕西汉中、南抵贵州北部和湖南西北部的广大区域。在当时，可谓是泱泱大国。

敢为天下先，永远会占据有利地位。

三峡地区的天然盐泉里，含有很多杂质，特别是石膏的成分比较多。缺乏科技知识的巴人尚不懂得要去除盐水里的杂质，更不知道如何去除。因此，他们在食盐结晶时，把盐水中的石膏也一起结晶。他们使用的是大火熬煮的简单工艺，陶器底部的盐往往会熬糊，就像锅巴一样。四川人把这种状态叫作“巴在一起”。正是如此，巴人生产的盐，被人们称为“盐巴”，一直流传至今。

古时巴国所产之盐，称“巴盐”或“盐巴”。盐开采煮制之后运输，几乎都需要人力进行。那时没有交通工具，盐商要把盐运到湖北利川、恩施等地，必须雇人肩挑背扛，途中还要经过巴盐古道。

巴盐古道，是一条源于渝东（原四川东部），对鄂、渝、湘、黔交汇地区产生巨大影响力的、贯穿整个中国腹地的运盐古道。北起云安、大宁，西起渝东酉、秀、黔、彭，过长江往东，翻越大巴山、巫山，进入武陵山区，是一条重要的陆路通道，史书称“官盐大道”，全程300多千米。古道由青石条铺成或直接在岩体修凿而成，沿线分布着运盐集镇、老街、村落、歇脚店子、驿站等。

风韵犹存的古镇

随着现代化进程加快、渝东盐业的衰落，部分古道被毁或废弃，集镇、老街衰落，失去往日繁华，但是仍然遗留着残镇、古村落、力夫打杵印、修路功德碑、寺庙、桥梁及水井等相关盐运遗迹。

盐夫（当地叫背脚子）在古道上行走时，为了给自己鼓劲儿，常常放声高唱盐工号子。号子豪放粗野，震撼人心，独具风格。其实，人类最早的、最震撼人心的音乐，就是劳动号子。巴盐古道的盐夫号子犹如一股卤风，走到哪里，就吹到哪里。

即使是运盐的扁背、打杵、竹筐和扁担等工具，也与众不同，这是盐工们为适应肩挑背磨，适时歇息而制作出来的，内中有科学道理，又颇具地方特色。

显然，盐巴不仅给巴人带来了足可引以为自豪的财富，也孕育了独特的文化。

1945年7月4日下午，在延安的毛泽东邀请黄炎培到他的窑洞里作客，彼此有了一段关于历史周期律的对话。黄炎培坦然说："我生六十多年，耳闻的不说，所亲眼看到的，真所谓'其兴也勃焉'，'其亡也忽焉'。一人，一家，一团体，一地方，乃至一国，不少单位都没有能跳出这周期律的支配力……"

诚然，盛极而衰，是一条很难逃脱的规律。

巴国也是这样。

战国晚期，巴国的贵族们仗着家底厚实，一味奢侈骄淫，贪图享乐。将盐巴销售到别国，只想换来珍珠、皮革、美酒，不顾百姓的日常需求。他们满足于原有的盐泉，根本不愿意去开拓新的盐泉，某些地远人稀的小盐泉，干脆就放弃了。

巴人由盐业兴起的辉煌，渐渐地褪色了。

就在这时候，一心求得进取的蜀人，渐渐强大起来。他们终于设法从巴人手里获得了长宁盐泉，蜀王专门册封了一个"僰侯"，管理这处盐泉。与此同时，蜀守李冰带领蜀人开凿盐井，汲取地下盐水煎煮食盐——这正是四川独有的井盐。很快，四川百姓日常所需，蜀盐已基本能提供，巴人的泉盐被渐渐挤出成都市场。

不思上进的巴国贵族眼睁睁看着一处处盐场落入蜀国、秦国、楚国之手，却已无可奈何。

随即，又发生了战争。

公元前316年，张仪率秦军攻入成都，同年攻取巴国。

无疑，秦军对巴国的食盐觊觎已久，如今时机来了，他们迫不及待地派兵攻打。哪儿想到，秦军与巴国鹬蚌相争，楚国却坐收渔翁之利。楚襄王一边派出大批军队，自枳（今涪陵）以下，陆续占领平都（今丰都）、临江（今忠县）、鱼复（今奉节）等沿江都邑，几乎接管了巴人的全部盐场。一边在巫山与枳，囤积重兵，抵御秦人。这让张仪白白地忙碌一场，一无所获。

秦国实在吞不下这口冤枉气。忍耐了几年，秦国大将司马错率领巴、蜀大军 10 万，船舶万艘，粮饷 600 万斛，由水路讨伐楚国。

可惜，秦军的声势虽然浩大，却不擅长水战，这次讨伐气势汹汹，并没有占到什么便宜。司马错无奈，转由陆路伐楚，夺走了楚人的郁山盐泉。此后，秦楚双方展开混战，竟长达六年之久。

要详细地叙述这六年的混战，是比较困难的。六年中，秦国先后攻取楚国沿江 24 座城邑，很想占据产盐重地黔中，却久攻不下。恰恰在这时候，国内又闹盐荒，这让秦国国君终日坐立不安。他先是打算与楚国和亲，购买食盐，不料被楚国拒绝，无奈中又纠结大军攻楚。楚襄王十九年，秦国派遣巴、蜀兵为主力，终于占领了黔中。不过，临江、鱼复等地仍然牢牢地控制在楚人手中。楚国国君的头脑很清醒，哪怕放弃广大的国土，也要死死守住盐场。

这个时候的楚国，仍在不断向外输出食盐。楚国的将士，士气很足，在战场上与秦军展开殊死搏杀。大家心里明白，只要手里有盐，楚国就不会丧失希望。

楚襄王二十年，秦人策划出新的计谋，突然放弃了对楚国盐场的攻击，转而由大将白起越韩国攻取夷陵（今宜昌），截断了楚人的水上运盐通道，楚军这才不战而溃。

以食盐为灵魂支柱的楚国，万万没想到，自己的命脉被阻断了。他们从来都不惧怕秦军的百万雄师，却因为水上盐道的丧失，被迫走上了失败之路。

秦国如愿以偿地占领了楚国的全部盐场，从此再也没有后顾之忧。获得了楚盐后，秦国向着统一全国的目标迈开了关键的一步，从此更加具有生命力，也更加雄心勃勃。

这场因盐而起的战争，差不多延续了一个世纪。

随后，经过商鞅变法，秦国的旧制度被彻底废除，封建经济得到了发展，逐渐上升成为战国七雄中实力最强的国家，为后来秦王朝统一天下奠定了坚实的基础。

从秦国统一天下至今，三峡地区终于再也没有为了争夺盐资源而发生惨烈的战争……

很少有人会想到，普普通通的盐巴，竟然扮演过令诸侯小国生死存亡的角色。

这些出自海水或盐泉，像白银、如珠玉一般的物品，造就了一个又一个城市的富庶与繁华，又让一个个民族陷入无休无止的战火。历史正是如此诡异，如此严酷，又如此耐人寻味。

盐枭与缉私

清代文学家袁枚有一部《子不语》，书名取意于《论语》所谓“子不语怪、力、乱、神”，表明他所记的，恰是孔夫子所“不语”者。袁枚在自序中说，这是他从事文史之余，“广采游心骇耳之事，妄言妄听，记而存之”的自娱之作。

《子不语》记录了许多奇特怪异的传闻故事。作者诙谐放达的性格和反对旧传统的思想，在故事中时时有所流露，例如嘲讽假道学和腐儒、主张人欲合理等，对官吏的贪暴也多有讥刺。今天读来，仍不无裨益。

《子不语》中有一则《蒲州盐枭》：

> 岳水轩过山西蒲州盐池，见关神祠内塑张桓侯像，与关面南坐。旁有周将军像，怒目狰狞，手拖铁链，锁朽木一枝，不解何故。土人指而言曰：“此盐枭也。”问其故，曰：“宋元祐间，取盐池之水，熬煎数日，而盐不成。商民惶惑，祷于庙。梦关神召众人谓曰：‘汝盐池为蚩尤所据，故烧不成盐。我享血食，自宜料理。但蚩尤之魄，吾能制之；其妻名枭者，悍恶尤甚，我不能制，须吾弟张翼德来，始能擒服。

吾已遣人自益州召之矣。'众人惊寤。旦,即在庙中添塑桓侯像。其夕风雷大作,朽木一根,已在铁链之上。次日,取水煮盐,成者十倍。"始悟今所称"盐枭",实始于此。

如果翻译成白话文,大致是这样的:

岳水轩有一次经过山西蒲州盐池,这个地方的关帝庙是面南而坐的,不仅有关帝像,还有张桓侯像。一旁的周仓怒目狰狞,手上不提青龙偃月刀,却拖着铁链,居然锁的是一支朽木。

当地人指着朽木说:"这个是盐枭。"

原来,宋元祐年间,当地的百姓取盐池水熬煎了很多天,却没办法熬出盐来。百姓以经营盐业为生,感到惶恐而又不解,于是到关帝庙祈祷。当晚,他们梦见关帝召集众人说:"你们的盐池被蚩尤占据了,才烧不成盐。我享用了你们的供奉,自然应该处理。蚩尤的魂魄,我能够制服;只是他的妻子叫做枭,非常凶悍,我没办法制止她,必须让我的义弟张翼德来到此地,才能一举将她擒下。我已经派人到益州叫他过来了。"

众人惊醒,恍然大悟,一大早就去庙中增塑张飞像。这天傍晚,风雷大作,停歇后,发现庙里有朽木一根,已经拴在了铁链之上。

第二天,他们再去取盐池的水煮盐,一切都顺利了。所煮出来的盐量,竟是原来的十倍。

如今人们所说的"盐枭",便是从那时候开始的。

盐枭,指旧时贩卖私盐的头目。他们的身上往往带有武器,用各种不正当手段谋求利益,却总也填不满欲壑。

唐代,揭竿而起的黄巢,可以说是一个大盐枭。黄家三代人都是私盐贩子。他的合作伙伴王仙芝,也是贩私盐的。他们率领的造反队伍，合兵一处，实力壮大了许多。不过，犹如贩运私盐一样，他们采取的策略是流动作战，往往是打下一个城镇，将它抢劫一空，然后顺手丢弃，寻找下一个目标。

北方历来多战事，朝廷的防守十分严密。黄巢的起义军在中原地区作战不利，开始率兵奔袭南方，竟然一路攻打到了广州。占领广州后，恰好岭南爆发瘟疫，黄巢又率领军队杀回北方，不久就攻至潼关。打到潼关时，黄巢部队的士气大振，守卫潼关的官兵却一蹶不振。黄巢的60万军队在潼关前面的山坡上全部摆开，他亲自率军队擂鼓呐喊。守关官兵被这阵势吓得浑身发抖，弃关而逃。

还有那个住在长安城的皇帝，在黄巢到达之前，就仓皇逃往四川。黄巢不费一兵一卒，就在全城老百姓的夹道欢迎下，乘坐金轿进入长安，并在几天后登基称帝。

黄巢进入长安时，盔甲耀眼，旌旗蔽天，英姿飒爽，威武雄壮，真是好一幅令人震撼的壮观场面！难怪他曾写过如此杀气腾腾的诗句：

待到秋来九月八，我花开后百花杀。

冲天香阵透长安，满城尽带黄金甲。

当年在长安科举考试落榜后，所写的这首《不第后赋菊》，将普普通通的菊花写得无限霸气，意味着他是强忍着自己的愤懑与委屈。如今，在心底埋藏已久的愿望终于实现了，他能不趾高气扬吗？

然而，登上帝位的第一天，便意味着黄巢大齐王朝覆灭的开始。

这个盐枭出身的造反派，缺乏基本的军事才能和真正的政治远见。在浩浩荡荡进入长安城后，他一不设法御敌，二不设法安民，只顾做自己的帝王美梦。长安很快被唐朝军队围困了起来。

尽管黄巢的部队以多敌少，可惜却是屡战屡败。军事上的节节失利，迫使他再也无法坚守长安。在退出的同时，他终于发狠了，一把大火将都城烧了个精光……

我们有必要顺便说说与黄巢同时代的私盐贩子王建、钱镠、朱瑄。他们走的是一条与黄巢截然不同的道路，结局当然也很不同。

王建少年时也贩卖私盐，赚到了一些钱。出于政治抱负，他参加了忠武军。黄巢起义爆发后，投奔避难成都的唐僖宗，被田令孜收为养子。后来，他在藩镇兼并战争中壮大，成为前蜀政权的缔造者。钱镠年轻时也以贩卖私盐为业，后来应募参军。他在镇压黄巢起义军中，英勇作战，名声大噪。在藩镇兼并战争中，因为战功卓著而被提拔为镇海节度使，随后被朝廷封为吴王、越王，成为吴越王国的建立者。朱瑄的父亲因为贩卖私盐被依法处置，他受父亲的牵连，遭受过鞭笞刑罚。满怀复仇雪耻的念头，他毅然参军。在镇压黄巢起义军时，立下了很大战功，升任濮州刺史、郓州马步都将，最终在藩镇兼并战争中被朱温杀害。但他终究在历史上留下了难以抹杀的一笔。

张士诚也是一名盐枭。

张士诚，泰州(今盐城大丰市)白驹场人。最初，他不过是一个在盐场操舟运盐的角色，偶尔也贩卖私盐。然而，他不满足于贩盐。

白驹场当地有一个盐警名叫邱义，负责监督盐民出工，缉拿私盐贩子。这个邱义很坏，常常克扣白驹场盐民的劳动所得，盐民们每月要向他上贡，一有疏漏，就对盐民非打即骂。张士诚和盐民们慑于他的淫威，只能忍气吞声。

元顺帝至正十三年(1353 年)正月，张士诚秘密联络了 17 名胆大的盐民，积极筹备一场武装暴动。为了防止秘密泄露，他们把起义的地点选在了白驹场附近的草堰场。一天深夜，18 名盐民在草堰场的北极殿中歃血为盟。然后抄起挑盐用的扁担，在寒风中悄悄摸进盐警邱义的家中，把这个平日里为害乡邻的恶霸用乱棍活活打死。

接着，18 个人冲进当地富户家中，打开仓库，把粮食和钱财分发给当地的老百姓，一把火就把房屋烧掉了。

张士诚等人的举动，极大地鼓舞了草堰场附近的盐民，他们纷纷响应张士诚的号召，投身到反元的起义大军中。不到一个月的时间，张士诚领导的盐民起义军就达到了上万人的规模，成为元末反元起义军中的主力军之一。

张士诚自号诚王，僭号大周，改元天佑。他派遣弟弟士德由通州渡过长江，进入福山港，很快攻陷了古城常熟。第二年二月份，又攻陷了平江府(今苏州)。他随即将平江路改为隆平府，把承天寺作为自己的府第。

至正十七年(1357 年)八月，张士诚因不愿意屈从于率兵起义的朱元璋，摇身一变，竟投降元朝，接受了元帝所赐的龙衣、御酒，将隆平府重新恢复为平江路。并且向元帝表态，每年将从海上运输粮食 11 万石，奉献给元大都。随即与元军兵合一处，大举进攻朱元璋控制的地区。

江南一带的局势稍稍安定下来后，张士诚就忘乎所以了。

他把权柄交给弟弟张士信，自己一心想躺在功劳簿上，做一个割据一方的安乐王。尽管心里也明白，元帝未必会让自己安乐。

在张士诚占据苏州的12年中，所控制的范围，北逾江淮，直抵济宁，南至绍兴，圈起了长江下游一大片富庶的地区。为了恢复和发展经济，他也实施过减少田赋、奖励蚕桑、兴修水利、疏浚白茆江等措施，使凋敝的农村重新萌发生机。

局势似乎真的是趋向稳定了。张士诚为了守住江山，当好安乐王，开始在江浙一带招贤纳士，广纳高才。当时，有几个朋友推荐了顾瑛，希望他出去当官。

顾瑛曾继承父业，做过几年出海通番的生意，家境颇为殷实。但他更热衷于文学诗赋，在阳澄湖畔修筑了有24处楼堂馆所的“玉山佳处”，邀请江南一带的文人雅士，举办玉山雅集。海内文人名士张雨、黄公望、倪云林、杨维桢、王蒙、朱珪，著名南戏作家柯九思、高则诚等，先后前来参加“玉山草堂雅集”。这里的诗酒流留，成为元代历史上规模最大、历时最久、创作最多的诗文雅集。

顾瑛曾与张士诚有过不少交往。

那是好几年前了。有一天，顾瑛在昆山朝阳门内大街，无意间看见了一个盐枭，由兵丁押解，正缓缓行走。或许是缘分，那盐枭见顾瑛迎面走来，眼睛里顿时散发光亮，仿佛有话想说。顾瑛发觉，这人虽然被兵丁用绳索缚绑，失去了自由，眉宇间却似乎透出一股英武之气，看来决非等闲之辈。于是走上前去，与之攀谈了几句。那人告诉顾瑛，自己名叫张士诚，是泰州人，犯的是贩运私盐之罪。

顾瑛当即劝他改邪归正，不要再去贩运私盐了。并且说，愿意出资为他作保释。张士诚求之不得，一口答应。

保释后，张士诚住进了阳澄湖畔的玉山草堂。

半年后，张士诚向顾瑛借了一万两银子，才与他告别。临走时，他再三说，我决非忘恩负义之辈，有恩必报。

过了一段时间，顾瑛与友人游览杭州西湖，不意又遇见了张士诚。张士诚以扇障面，觉得无脸再见恩人。但顾瑛毫不介意，仔细问过了他的近况，不仅没有催问旧款，而且又一次满足了张士诚的需求，借给了他白银十万两。

张士诚召顾瑛当官，或许是为了报恩。然而，顾瑛毫不犹豫地拒绝了。他明白自己跟盐枭张士诚不是一路人，是绝不会走到一起的。于是找了一条理由说："我不能离开母亲。我要在母亲的坟墓旁筑庐削发，诵经以报母恩……"

从内心说，顾瑛不想当官。眼下这种乱纷纷的状况，更不是当官的时候。为母亲守孝，成为一条最好的理由。何况，他已经下决心削发为僧，自号"金粟道人"。

为了悼念母亲，顾瑛在碧梧翠竹堂的后面，修筑了一座小楼，称之为白云海。与此同时，又建了一幢来龟轩。

谢天谢地，自吴兴避难归来，他的玉山草堂保存完整，没有遭受什么破坏。一颗悬了很久的心，才放了下来。

这天，仆人在巡视时忽然看见，西庑空庭中出现了一只乌龟，不知是从哪儿来的，足有一尺四寸围圆，连忙请顾瑛去看。他十分惊讶，这乌龟昂起头，默然注视自己，根本不像是寻常所见的那种，见了人就把头缩回去——实在是神龟啊！

于是建造一座小轩，题写匾额曰"来龟"，以符归来之兆。

然而，庆幸归庆幸，前些年高朋满座、清乐盈庭的盛况，毕竟已经一去不复返了。张士诚并没有逼着自己去当官，或许还在有意无意地加以庇护，让自己在阳澄湖畔过着安逸的日子。然而，他明白，长江南北到处都不太平，这里是不可能太平的了……

张士诚一度成为与朱元璋争夺天下的主要势力。但，盐枭出身的他，终于没有好结果。

《明史》说："士诚为人，外迟重寡言，似有器量，而实无远图。"这个鼠目寸光、缺乏远大抱负的人，进入富庶的苏南，便"渐奢纵，怠于政事"。他在苏州大造宫殿王府，扩建有名的景云楼和齐云楼。特别是景云楼，十分宏伟壮观，足有半个北寺塔那么高。在景云楼上眺望，整个苏州尽收眼底。他在景云楼里养着娇妻爱妾，每日寻欢作乐。在城东桐芳巷也造了一座锦春园，住着最宠爱的两个美女。

纵情声色的张士诚，甚至效仿春秋时期的吴王夫差，开挖了一条锦帆泾，用锦绣丝绸做船帆，携同爱妾们在船上乘坐漆金花船，寻芳嬉乐。他的部下们见张士诚这样做，也纷纷以他为榜样，终日骄奢淫逸。有的搜罗奇花异草，建造私家园林，有的强占民房建造私宅，有的则花天酒地，不理政事……

政治上的腐化，生活上的堕落，必然会导致军事上的失败。

盐枭，又称枭匪、私枭、枭贩、枭徒。明清时期，在江浙一带，民间称之为"光蛋"。那时候，富庶的江浙地区，尤其是太湖流域，是盐枭活动的主要区域，嘉兴、湖州、苏州、松江等地，盐枭的活动频繁，愈加显得猖狂。

江浙盐枭中，最有名的是巢湖帮，人员中以安徽籍居多。道光、咸丰年间，巢湖帮开始向长江下游地区渗透，逐渐形成了以太湖为中心的盐枭集团。当地的土盐枭也时常出没。

盐枭无疑是以贩卖私盐为生。当时，出产食盐的地方，每斤盐不过二三文钱，私贩卖到其他地方，每斤不过八九文钱，然而官盐的价格，每斤却在30文左右。官盐与私盐之间高达数倍的差价，是很有诱惑力的，足以促使盐枭铤而走险。为了对抗官府的缉私，盐枭们相互勾结，广结党羽，并且偷偷购置武器，千方百计闯过关卡。

此外，盐枭也时常为别人护送私盐。如果沿途平安无事，他们可以稳拿盐价的十分之一，作为报酬。一旦遇到意外，立即以刀枪对付，哪怕与缉私队血拼一场。足够高的报酬，促使他们招纳游勇，改良护卫方式，做得越来越专业。

清光绪年间，盐枭的活动范围，渐渐从偏远乡村，转移到中心城镇，传统的贩私和护私行为，也变成开场聚赌、劫人勒赎、抢掠商民等，给社会治安带来极大的危害。假如有地方人士出来阻止开设赌场，盐枭必然会寻找机会报复，劫人勒赎是他们惯用的伎俩。

盐枭劫人勒赎的对象，大多是地主、富商、店主和地保。往往是在无盐可贩、无钱可赌的时候，穷极无聊，便四处劫勒富户，赎金从洋银数十元、数百元以至千元不等。有时候，他们还表现得极其残忍，对被劫持的人质处以私刑，将他们打得皮开肉绽。

常常是在夜深人静之际，盐枭派出的打手驾驶小船，偷偷进入村镇，将事先物色好的人质劫持，然后迅速离开。当船儿行驶到宽阔湖面，知道无人跟踪，便威胁被劫持的人质，写信告诉家人，自己在哪里，只要携带巨款便可赎回。假如不能满足条件，盐枭则会采取进一步的手段，甚至不惜“撕票”。

他们从人质那儿勒索所得到的钱财，除了吃喝玩乐，尽情挥霍之外，还会购买一些枪械，作防卫之用。某些盐枭也可能留下一部分钱财，作为贩盐的资本。后来，盐枭的船上不仅有洋枪、手枪，甚至还有大炮。有如此强大的装备，他们根本就不害怕清政府的缉私。以前，盐枭对缉私队有所忌惮，从来不敢对抗，有了先进的武器，他们不但不畏惧，反而敢于藐视缉私队，显得越来越猖獗。

不仅如此，一些盐枭还从事抢掠商民的非法活动，乃至杀人越货、强赊强卖、敲诈勒索、强抢妇女，人们避之不及，深受其扰，无不感叹道，这些人的罪恶行径，与倭寇盗贼、流氓无赖根本就没有区别！

至于那些结成了大帮的盐枭，不仅武器精良，还采取多种手段，与官府下面的兵勇暗通声气，几艘缉私船只根本不放在眼里。如果遇到巡逻船只，盐枭远远地开枪恫吓。等他们驶近了，则持械抗拒。官府的兵勇往往难以将他们制服。

何况，由于清代参与缉私的队伍很庞杂，属于官方的有盐政、军队、地方官员，属于私人的有巡商、卡商及盐商雇用的巡役、店伙等。看起来队伍挺庞大，却因为分属于不同的利益集团，在具体行动上互相不配合，不能捏成一个拳头，就难以战胜盐枭。

当时，清政府也曾多次谕令地方清剿盐枭。可是，不仅盐枭没有清剿干净，反而激起了他们的反抗情绪，到处寻找机会报复。由于盐枭耳目众多，消息灵通，往往能掌握官府的动向。盐枭头目被官府抓获，他们立即散播谣言，要组织人员入城劫狱，甚至要武装攻城。这使得官府深为震惊，惶惶不可终日。

盐枭们的所作所为，也是不断变化的。晚清，江浙一带已经是洋人众多、教堂林立。盐枭为了跟官府过不去，常常找时机参与教案，或者骚扰洋人。住在上海的洋人受其滋扰，多次与清朝官府交涉，使官员们显得十分被动，却又无可奈何。

与此同时，盐枭们会在每条船上插洋旗，携带军械火枪，顺利通过关卡。由于“恃洋人为护符”，缉私队竟不敢缉拿。有的盐枭则直接把私盐卖给外国商船。

俗话说，魔高一尺，道高一丈。盐枭由来已久，对于盐枭的扫荡打击，也是历代官府为保护经济命脉，不能不采取的手段。这里我们仅仅分析清朝的情况。

平心而论，清朝政府对于盐贩的打击与防范，是极为重视的。从清初开始，就制定了许多明确的法律条规。到了清代中叶，私盐的贩运更加活跃，清政府又分门别类，针对灶丁、船户、盐商等，采取措施，加大打击力度。

在盐场，官府的缉私主要是针对灶户的私产、私售和商人的重斤夹带行为。针对灶丁售私，清政府特别制定《灶丁私盐律》《灶丁售私律》《获私求源律》等。在从产区到口岸的过程中，缉私办法主要通过各营汛、各地方官和各关津的巡查力量，对商人所运盐斤和其他人所携带盐斤，进行仔细检查。

对于漕船夹带私盐的问题，清政府也非常重视。专门规定：“凡回空粮船，如有夹带私盐，闯闸闯关，不服盘查，聚至十人以上持械拒捕杀人及伤三人以上者，为首并杀人之犯，拟斩立决，伤人之犯斩监候，未曾下手伤人者，发边充军。其虽拒捕不曾杀伤人，为首者斩监候，为从流三千里。十人以下拒捕杀伤人者，俱照兵民聚众十人以下例，分别治罪。头船旗丁头舵人等，虽无夹带私盐，但闯闸、闯关者，枷号两月，发边充军。随同之旗丁头舵，照为从例，枷号一月，杖一百，徒三年。”

针对盐商贩卖私盐，清政府也制定了诸多法律条文，加以限制。“凡客商贩卖有引官盐，当照发盐，不许盐与引相离。违者同私盐法。其卖盐了毕，十日之内不缴退引者，笞四十。若将旧引不檄，影射盐货者，同私盐法。凡起运官盐并灶户运盐上仓，将带军器及不用官船起运者，同私盐法。”

在各盐区交界处，特别是邻私严重的地方，则设立关卡检查过往人员，防止邻私渗透。

对于盐枭，清政府自然也毫不轻视，专门制定了许多打击枭私的法定，先后颁布了《豪强贩私律》《武装贩私律》等，其中规定，凡枭徒贩私，一经捕获，非斩即绞。“凡兵民聚众十人以上，带有军器，兴贩私盐者，不问曾否拒捕伤人，照强盗已行得财律，皆斩立决。若十人以下，拒捕杀人，不论有无军器，为首者斩，下手者绞，俱监候。不曾下手者，发边卫充军。其不带军器，不曾拒捕，不分十人上下，仍照私盐律，杖一百，徒三年。若十人以下，虽有军器，不曾拒捕者，照私盐带有军器加一等律，杖一百，流二千里。”

与此同时，还经常采取法外用刑的办法，来打击私贩。

然而，令人遗憾的是，所有这些法定条例，在执行的过程中往往不能很好落实。尤其是对于缉私人员的考核与奖惩，难免流于形式。长此以往，便收不到成效。

清代的缉私奖赏条例，制定得比较笼统，执行时也不认真，在很大程度上影响了缉私人员的积极性。比如，清廷盐官考核缉私人员的功绩，主要是看每季收缴的私盐数量，既不问人盐是否并获，也不问谁为首功，谁是协获，使缉私人员片面追求数量，“买盐冒功”，却也能获得奖励。由于买私易行，缉私官丁往往是“见枭而遁逃，惟恐不及，官府责问，则拿街上肩荷背负之小轻犯，不过贩盐四斤，沿门斗卖以资糊口者捐为枭，而捉将官里去，以塞厥责。而彼真正私枭，白书横行，莫敢谁何”。这样一来，必然因赏罚不明而人心怠懈。

当时，贩私例禁不为不严，缉私规条不为不备，但是缉私人员却不肯全力以赴侦缉。这是因为私盐拒捕之案，对缉私人员的处分过于严苛，动辄降职罚俸。事实是由于盐枭往往很凶悍，见捕必拒，从来都不可能俯首就擒。一经拒捕，他们尤其强悍，绝不会按名就缚。所以，每遇大伙枭贩，缉私人员就相率畏避，眼睁睁看着他们结伙成群，公然经过，什么也不敢问。

即使是他们拼死抓获了盐犯，审案的地方官员因畏惧失察处分，往往会将大伙盐枭审为小伙盐枭，预谋兴贩审为一时凑合，蓄意拒捕审为受雇驮载，这样作，无疑严重打击了缉私人员的积极性。

盐枭被捕以后，地方官员有各种各样的犹豫，常常不立即结案。当时规定，“无论巡役兵民，但能拿获枭贩者，即将所获盐货、车船、头匹全行给赏，盐斤许巡役兵民携赴就近官盐店内八折给价，所获车船、头匹等项准该兵役等自行看管，不许承审衙门书役勒索分肥，定案之日即准自行变卖”。但是，由于地方官员迟迟不结案，又不准将缴获的物品变卖，时间拖得一久，舟车损坏，马匹倒毙，缉私人员根本得不到什么奖赏，谁还愿意冒着生命危险擒拿盐枭呢？

走私，从某种意义上说，也是一种经济活动。显然，盐枭们考虑到犯罪的预期收益大大高于成本，才会胆大妄为，铤而走险。假如法律十分严明，令人感到实施犯罪的成本会远远超过收益，犯罪就不会发生。这条规律，放到哪儿都是适用的。

由于清朝官府在盐务管理上的一系列失误，给私盐贩运留下了足够的利润空间，激起了盐枭的欲望，私盐泛滥，并由此引起社会治安混乱，也就不足为奇了。

所有这些，今天仍很值得我们深思。贩私与缉私，永远是一个不可忽视的社会课题。

盐案魅影

一位西方的传播学家，将电视文化解读为一种新型的公共传播方式。他认为，电子传播技术提供的信息渠道，可以通向多得难以置信的受众，向平民百姓传播信息，也可以通过示范表演，教授复杂的技巧。也许正是这样，探案剧颇受观众的青睐。

这些年，中国的电视节目中，也出现了不少堪与国外探案剧媲美的作品。《神探狄仁杰》就是一个代表。这部电视剧中，有一集名曰《漕渠魅影》，与追查盐案有关。

镜头拉开，便是电闪雷鸣，大雨如注。连结长江与淮水的古运河——邗沟，江面上波涛汹涌，白浪浊天。在狂风暴雨之中，江淮盐铁转运使的官船不幸在浪涛中覆没了。

这，绝不是一桩偶然的事件。因为这样的恶性覆船事件，在这个特殊的水段，最近一年之内已经连续发生了 15 次。造成数百万石食盐损折，船毁人亡。

开挖邗沟，最初是用于军事。随着历史的变迁，邗沟逐渐成为一条水上运输大动脉。隋唐以后，更成为保障朝廷供给的生命线。尽管漕运很艰苦，漕船容易失事，但是不至于如此频繁发生事故啊。

朝廷派往扬州彻查此事的工部官员，去了一批又一批，都是无功而返。邗沟覆船的异常事件，却仍在发生，似乎是一次重似一次。更令人吃惊的是，负责调查的水部郎中李翰，竟在任上自缢身死。这让所有的人都感到难以理解。

由于盐运受阻，西北各地军民所用食盐早已呈紧张之势。邗沟频频发生事故，水上渠道阻塞，北运停止，一场严重的盐荒就无法避免了。武则天急忙召唤从凉州回京复命的狄仁杰进宫，改任江南道黜置大使，兼江淮都转运使，奉旨钦差，整饬吏制，调查邗沟覆船大案。

肩负重任的狄仁杰带领李元芳、曾泰星夜赶赴扬州。

狄仁杰终究是神探，名不虚传。

经过艰苦卓绝的调查和推断，他将全部案情弄了个水落石出。所谓的邗沟覆船案，其实是江湖巨恶“铁手团”纠集官府及绿林各道，联手策划的一个大阴谋。先是由铁手团派出杀手，在邗沟将江淮转运使的运盐船队凿翻，然后出动水鬼，将沉入水中的官盐盗捞、起存。紧接着派出大趸船，将官盐转运出境。漕运使杨九成，则为私盐的转运提供一切便利，开据官凭路引，逃避巡河官的检查。

与此同时，扬州刺史崔亮、长史吴文登在电视剧中粉墨登场。他们纷纷利用职权，威逼利诱淮北各地的地方官吏，遏止官盐入淮，人为地造成了淮北盐荒。这样做，他们就可以独霸淮北盐市，明目张胆地将邗沟落水的官盐，以高价发售到盐荒各县，以牟取暴利。这一张官匪合谋的大网，编织得很是紧密，实在是令人触目惊心。

案件侦破，淮北盐荒的难题也就找到了解决的方法。狄仁杰下令，自即日起，何家盐号关闭，全城百姓可到城里的另三家盐号买盐，盐价二十文一斗。

官府的平盐令一发，立时举城震动。老百姓从四面八方赶到三家盐号购盐，那情景真是像过节一样热闹。不知谁在街道上放起了鞭炮，顷刻间，鞭炮之声响彻全城，死气沉沉的盱眙县终于复苏了。

但是，狄仁杰并没有沉浸在胜利的喜悦中。

随即，他组织了卧虎庄会战。很快，在洪泽湖遭遇了铁手团。扬州刺史崔亮、长史吴文登和漕运使杨九成等人，在关键时刻公开露相。狄仁杰心里明白，恐怕来的不止是他们三个。果然，铁手团宗主大步走进门来，冷冷地望着狄公。

他，就是邗沟覆船的主谋，也是鸿通柜坊之主——颍王元齐。

一场你死我活的战斗惊心动魄。武功盖世的元齐被李元芳杀死，铁手团除了被杀者，全部举手投降。连隐藏最深的铁手团卧底林阳，也落入法网，他不是别人，正是一直跟随在狄仁杰身旁的山阳县令鲁吉英。

葛天霸虽然身犯重罪，但是在关键时刻，他协助大军攻破卧虎庄，又主动将邗沟覆船失踪的官盐献出，并装上趸船，足可见投诚之意。狄仁杰特免其死罪，准许他居住在盱眙城中。

灾难深重的邗沟终于通航了。沉寂了两年的大运河，重又喧闹起来。淮北百姓终于能吃到官盐了。

捷报传到洛阳，武则天读罢奏折，缓缓起身，目光扫过站立的群臣，缓缓说道，邗沟覆船已两年有余，各部遣吏皆不能破，独狄怀英精缜谋查、俯仰事非，旬月便告功成，真是神乎其神啊。狄怀英折中所奏，一概照准。

电视剧情节跌宕起伏，悬念不断，探案剧的各种要素一一具备，确实是很能吸引人。它体现了人文关怀精神，显示了艺术家们的高超技艺，已不必说。

我们暂且把狄仁杰的故事放在一边，而以食盐作为讨论的主题。

借此，我们不难看出，诸多的社会矛盾，其实都是在食盐专卖的大背景下纠集、展现的。

唐代中后期，由于实行食盐专卖，使得盐利在当时的国家财政结构中比例越来越增加，地位也越来越重要。“天下之赋，盐利居半”，盐利成为唐后期专制统治的重要财政支柱。

在这样特定的历史条件下，食盐专卖政策的弊病，却不断地暴露出来，盐价持续走高，给人们带来了巨大的心理压力。“天宝、至德间，盐每斗十钱”。乾元元年(758 年)，盐铁、铸钱使第五琦变更盐法，宝应元年(762 年)盐铁使刘晏继续推行。盐价每斗猛增至 110 钱，普通民户已很难有能力购买。这迅速地造成了食盐供需之间的脱节。然而，盐是一种缺乏需求弹性的不可替代食品，谁也不能一日或缺。在错综复杂的社会舆论中，愈加人心惶惶。

尖锐的社会矛盾，足以使各种各样的人铤而走险。

另外一方面，我们也可以看出，盐作为一种特殊的商品，在商品经济不断发展的情况下，经由交换所带来的丰厚利润，是无法低估，也是无法替代的。从官府到商贾，从富户到平民，社会各个阶层的人都把眼光投向了盐。

利之所在，人所共趋。随着食盐生产技术的进步，制贩私盐的成本大大下降，一些不法之徒便利用社会上许多人缺盐而又无力购买高价官盐的机会，违禁制贩私盐。官府虽然严厉禁止，施治酷刑，却仍然屡禁不止。恰恰是禁私愈严，私盐愈盛。因为官盐价格越高，私贩越多，禁私越严，私贩之利越厚，利越厚则制贩私盐的活动越不能禁止。这形成了一种恶性循环。

至于电视剧《漕渠魅影》中，描写官吏、盐枭和商贾相互勾结，不惜以连续制造水上交通事故的方式，将官盐变成私盐，以牟取暴利，则是一种艺术典型。

中国历代对私盐打击的力度是相当大的。汉武帝时，对私盐贩子"钛左趾没入其器物"——在左脚趾挂上六斤重的铁钳，"没入其器物"是指没收生产工具。唐代"自淮北置监院十三"，捕私盐者。不仅私盐贩子捕获后要杀头，连相关官员都要连坐。五代时，盐法最严酷，贩私盐一斤一两就可以正法。宋代略宽一些，也无非是将杀头的标准，放宽到三斤或十斤而已。

然而，私盐贩运往往屡禁不止。

后世之人不能不从中获取深重的经验教训。

清代历史上，曾经出现过一起著名的"两淮盐引案"。案件涉及纪晓岚、卢见曾、刘统勋、尤拔世等几位重要人物。当然还有紫禁城里的乾隆皇帝。

让我们从两淮盐运使卢见曾说起。

卢见曾于乾隆二年(1737年)任两淮盐运使。盐运使，历来是官场的肥缺，也就很容易遭受非议。

上任七个月，便有人上奏朝廷，两淮盐运历年所积亏空，达白银 10 060 万两。乾隆立即派人追查，果真实有其事，便将卢见曾遣回老家扬州。罢了官的卢见曾只能游山玩水。到了镇江金山寺，发现金山寺历史虽长，却没有系统的文献记载，于是主动提出愿为金山寺修志，同时修《焦山志》。

乾隆五年(1740 年)，乾隆皇帝心血来潮，有一天突然问起了卢见曾。有人禀报说，卢见曾无所事事，整天在江南游山玩水。乾隆勃然大怒："不思悔过，发配新疆。"卢见曾随即被发配到新疆。他主修的《金山志》已基本脱稿，《焦山志》尚未完成，无奈中将书稿带往新疆。

乾隆九年(1744 年)，京畿一带连续暴雨，洪涝成灾。朝廷文武百官都感到束手无策。乾隆又一次想起了当年治理水患立过功劳的卢见曾，于是下旨："召卢见曾上任治水。"卢见曾奉命从新疆回来，上任后很快治好了水患。这使他有机会被重新任命为两淮盐运使。

按照清代官制，高官 70 岁可以退休。卢见曾已经 73 岁了，健康状态也不太好，要求告退。乾隆皇帝表示同意。在他卸任前一年，完成了《金山志》《焦山志》。

卢见曾于乾隆二十八年(1763 年)卸任后，由尤拔世接替。

尤拔世一上任，就发现历年盐政严重亏空的状况。乾隆三十三年(1768 年)，江苏巡抚彰宝上奏朝廷，核查两淮盐运亏空之事。查明从乾隆十一年至三十二年(1746—1767 年)，一共预提过淮南、淮北纲盐、食盐等引 496 万余道，各商共提引余银 1 092 万两，历任盐政对此项巨款如何派引办公及缴价备用，并不奏定章程，其"居心实不可问"。乾隆接到奏报，勃然大怒，下旨按律治罪。

然而，出乎意外的是，派人去卢家抄查，竟一无所获。“查抄卢见曾家产，仅有钱数十千，并无金银首饰，即衣物亦甚无几。”乾隆皇帝很感纳闷，卢见曾家应该很有钱呀！肯定是早就闻讯把金银财宝转移了！于是命人密查。

这一次查清楚了，确实是卢见曾的家人把金银财宝转移了出去。

乾隆皇帝下旨，严加追究走漏风声之人，若卢见曾坚持不说，即加以刑讯，待审得实情后，再将卢见曾“锁押解赴扬州，并案问罪”。

经审问卢见曾的儿子卢瑛、孙子卢荫恩，卢荫恩供出了事先通报信息的人，正是担任从四品翰林院侍讲学士的纪晓岚。这让所有的人都非常惊讶。

据野史记载，当时由东阁大学士兼军机大臣刘统勋负责审案。刘统勋将此案告诉刑部右侍郎王昶，目的是与其同审。

王昶与卢见曾和纪晓岚两人的关系都非常密切。当年，考取进士后，他没有马上当官，而是应卢见曾的邀请，在卢家的私塾教书。巧合的是，他所教授的生徒中，有卢见曾的孙子、纪晓岚的长女婿卢荫文。现在，由他主持办理卢见曾贪污案，怎么能保密？在得知卢见曾案发的第一时间，王昶就冒着生命危险，迅速把消息泄露给了纪晓岚。

纪晓岚得知后，心里十分着急。因为纪家与卢家是近亲——纪晓岚的长女嫁给了卢见曾的孙子卢荫文，彼此关系很特殊，很紧密。纪晓岚不由暗忖：“一旦卢见曾被查出，必然殃及儿女，弄不好自己也受连累，怎样办呢？”

他左思右想，终于想出了一个巧妙的点子。

于是，他委托王昶给卢见曾带去了一封信，空空的信封里有一包盐、一包茶，信封上没有写任何一个字。

卢见曾看到信封，很不理解其中的意思。再三思考，他恍然大悟。原来，这里面隐喻着“盐案亏空查封”的意思。

卢见曾醒悟过来，立即将家产全部转移了出去。等到朝廷来查家产，根本没有什么值得怀疑的东西。

乾隆皇帝责令大学士刘统勋追查这件事。在追查中，纪晓岚讲出了实情，结果被降罪革职，发配新疆长达三年。

相传，卢见曾在任上长达十年的时间里，不仅挥霍浪费，假公济私，还收受了盐商贿赂价值万余元之古玩，触犯法律已不言而喻。卢见曾“先被拟斩，后被保留（尸）”。但，乾隆皇帝念他修《金山志》《焦山志》数年，保留其全尸。卢见曾在行刑前九月，以古稀之年病死在狱中，终年 78 岁。

这就是清代历史上著名的“两淮盐引案”。

这一时期的卢见曾，在两淮盐运使任上以爱才好士闻名，“四方名流咸集，极一时文酒之盛。金农、陈撰、厉鹗、惠栋、沈大成、陈章等，前后数十人，皆为上客”。

在他的宾客当中，不仅有后来闻名于天下的“扬州八怪”，还有《儒林外史》的作者吴敬梓。吴敬梓一生贫穷，写作《儒林外史》时全靠卢见曾的支持。吴敬梓死后，卢见曾慷慨解囊，买棺装殓，并且安顿好吴敬梓的妻儿老小。

卢见曾出手很大方，给来往客人馈赠颇丰。他还好排场应酬，有一次在虹桥与文友吟诗唱和，他作四首七言诗，请文友依韵和诗，和诗者竟多达 7 000，他将这些诗作编成了一部 300 多卷的诗集。卢见曾的铺张浪费，一掷千金，也是远近闻名的。挥霍无度的结果，是财力渐渐不济，加之他理财不善，致使盐税在以往的基础上加大了亏空。

卢见曾死后三年，大学士刘统勋上书乾隆，详细陈述卢见曾整修西湖水利的业绩，并且指出了扬州一些贪官和盐商奏折中的不实之词。当时，盐政虽有亏空，但这是历任盐运使"积弊所至"，卢见曾虽然有责任，但不至于死罪。

1765 年，乾隆皇帝南巡之时，赐予卢家"德水耆英"的匾额。这意味着，在很大程度上卢见曾得到了平反。

对于智慧过人、被誉为一代大儒的纪晓岚而言，为了保护姻亲（其实也是为了自己）免受惩罚，费尽心机，偷偷泄露消息，最后仍然被发配充军。聪明人玩弄小聪明，却显出了不聪明。无论如何，这也留下了极大的教训。

濒临南海的广东，是产盐大省。但，广东又是近代中国私盐盛行的地区，严重损害了作为财政收入支柱的盐税。民国初年，在军阀割据混战的局面下，广东沿海的走私之风更是屡禁不止。

广东私盐的种类，主要有洋私（走私进口盐）、场私（从盐场走私盐），数量以洋私为最，场私次之。洋私的来源，主要从港澳转运进入，也有从越南海防运入粤西的。走私的船只名目繁多，有用轮船、拖渡夹带的，有用渔船、帆船贩运的，也有用兵轮庇护的，特别是用兵轮庇护，造成的问题最为严重。

尽管私盐形势复杂，民国政府的缉私力量却很孱弱，往往是顾此失彼。当时有人尖锐地指出："粤盐缉私，海上最关重要，盖以省河接近港澳，必先堵截六门（按指虎门、焦门、横门、梳夹门、虎跳门、崖门），杜外私之浸灌，作腹地之屏藩，向来无论官办商办，莫不设置缉私舰，分布沿海各处，阨要巡缉。”

道理讲得很清楚，然而，政府却无力缉私，导致私盐充斥，严重影响了财政税收。

当时，地方驻军还往往包庇走私，令行而禁不止。20 世纪 20 年代初，曾连续发生广东省水警厅长私贩烟土案、海防舰艇参与走私被查获等案件，社会影响极坏。

一颗小小的盐，折射出纷繁复杂的社会现状，牵动了无数人的神经，让许多有良知的人忧心忡忡，而负有重要社会责任的领袖，尤其夜不能寐、食不甘味。

广东驻军与盐贩勾结使私盐泛滥的状况，引起了孙中山先生的极大愤慨。他公开痛斥那些不法军人，串同私枭地痞，秘输盐斤进口，以致省内市场私盐充斥。并令饬私盐缉务主任陈策（兼广东海防司令）“整肃军纪，严密截缉”，各军事长官“严勒所部”。

然而，各地驻军依然置若罔闻。

1924 年 5 月 16 日，两广盐运使邓泽如向大本营大元帅孙中山呈报缉私状况。他说：“轮船拖渡之夹带，可由缉私厂卡查验之；渔船帆船之贩运，可由缉私舰队截击之；惟兵轮差遣船之包庇，非仰仗帅座威严，令饬各军帮同整饬，实属防不胜防。查向来缉获私盐案件，先由运署执法官提案审讯，如果赃证确凿，除将私盐船只照章没收交仓，秤收投变，分别充公充赏外，并将人犯函送法庭惩办……”

邓泽如又说，近日缉获私盐，多系军队包庇，若照寻常私盐办法，恐不足以资整顿。经与两广盐务缉私处主任张民达商量，嗣后如有此等重大案件，除将案内私盐船只仍照章没收办理外，所有人犯即直接送交军政部军法处从严查办。

5月20日，孙中山回复道："军人包庇赋私，大为盐法之害，自非严行惩办，不足以儆效尤而资整顿。嗣后遇有此等案件，应准如请，除将案内所有私盐暨船只照常没收外，所有人犯即解交军政部军法处从严讯问办，用昭炯戒。"

同日，他又发给大本营军政部长程潜训令，令行知照，"并通行各军申诫所部，慎勿以身试法"。

然而，一切并不是想象的那么顺利。盐政部门租用商船巡缉，竟无端被掳。1924年6月，大本营财政部长兼盐务督办叶恭绰呈报孙中山：盐运署原有缉私舰14艘，除沉没破坏不计外，所恃为缉私者仅有"安北"号。3月，适值旺销期间，私盐遍地，缉私布置困难。经由盐政会议决定，租用商船巡缉，加以装备，取名"澄清"。该船于3月31日深夜停泊省河，竟被军队乘"虎威"舰强行掳去。交涉日久，未能取回，只得将"澄清"号名义取消。

军队肆无忌惮，竟然强行征用缉私舰。盐税是国家财税的重要来源，所有军饷和行政费用无不赖此开支。然而，这几年广东省的盐税收入日形短绌，如1923年，居然还不及上年税入的40%。

两广盐运使赵士觐认为，这种状况"虽由西北两江道途梗塞、运销未能畅旺，亦未始不由缉私巡舰被各军借用，不能查缉私盐有以致之"。他立即呈报孙中山，请求饬令军队将各舰一并收回，转发盐运使，以便派往缉私第一线。

1924年6月9日,继任两广盐运使邓泽如也呈报孙中山:各缉私舰或被各军踞用,或在香港扣留。几经艰险始克收回,集队于澳门,随后投归大本营成立缉私办事处,然而经费拮据,恳请设法维持。

缉私的困难是一个接着一个。

更为荒诞的是缉私舰竟也知法犯法。"平南"舰,本来是一艘粤海盐务缉私巡舰,久未归队,竟擅自在南海县九江镇勒收行水,并胆敢扣留胁迫由"福海"舰护送的盐船。

1924年,孙中山令两广盐务缉私处主任张民达拿获"平南"舰。张民达派缉私处副主任兼"飞鹏"号舰长宋绍殷赴九江河面截击。6月14日,交战20分钟后,将其拿获。事后,孙中山令将该舰拨交缉私处,以供缉私之用,并责令盐务督办叶恭绰通行各军及地方官通缉案内在逃人犯,务获究办,以肃法纪。

军人执法犯法、走私护私,并非从民国时期开始的。其实,早在清代,扮演着国防军、内卫部队和警察等多重角色的清军,也兼任海关缉私、设卡缉拿私盐的职责,一些官兵出于私利,却也偷偷地干着贪赃枉法、运私、贩私、护私的勾当。负责缉查私盐的官兵因为获盐肥私,与盐枭如出一辙,甚至更为便利。没有缉私职责的官兵,则利用自己的特殊身份,护送私盐贩运,以牟取利益。

1838年,湖广总督林则徐在一道奏折中说,宜昌镇左营外委黄帼祥,"先获无贩私盐二起,共一百八十一斤,起意卖钱入己,并将盐十九斤自行留食,后又获有私贩吴癞子一起,将犯纵逃,留盐二百八十斤与兵丁邓大治等变钱分用"。

这是一个很典型的例子。黄帼祥截获私盐,与盐贩子勾结，和兵丁分赃的过程，叙述得清清楚楚。

除了私盐，还有鸦片。

从19世纪上半叶开始，包括东印度公司在内的西方鸦片商人，在中国沿海大肆活动，将鸦片大量走私运入中国境内，掠夺大量白银。清军驻广东、福建等地的水师，却利欲熏心，收受贿赂，听任鸦片流入内地，甚而参与其中，为之护航。

到鸦片战争前，水师官兵与鸦片贩子已是兵匪一家，相互勾结，形成了一整套行贿、受贿及从水师提督到普通士兵的贿银分配惯例，即所谓“陋规”“土规”。

一个鸦片烟贩子被官府逮捕以后，如此供认：“曾收集鸦片走私贿赂，转给地方官吏，每人每箱若干，每年若干，均有确切数额。受贿的不单是衙中的低级官吏，而且有蓝顶的高级官员，甚至红顶的水师提督。”实在令人慨叹。

清朝军队的经商、走私活动如此猖獗，原因是十分复杂的。既有当时政治腐败、社会道德沦丧等因素的影响，也有军事制度不能适应外界环境的变化、军人贫富相差悬殊等原因。

联想到改革开放的今天，毗邻港澳地区的广东，地理位置特殊，市场经济繁荣，人流、物流量与进出口贸易量巨大，既是对外开放的重要窗口，也是反走私前沿阵地。如何有效遏制各类走私活动（不仅仅是盐）的反弹和回潮，维护进出口贸易秩序，捍卫国家经济和政治安全，确实是一个十分严峻的课题。

穿越战火的盐

清代文学家汪中，曾经写过一篇骈文《哀盐船文》，被称为古代骈文中的绝作。

乾隆三十五年（1770 年）十二月乙卯日，停泊在仪征县境江面上的盐船突然发生了火灾。大火共焚毁船只 130 艘，烧死和淹死了 1 400 多人。当时正在扬州探亲的汪中，亲眼目睹了这幕人间惨剧，于是以极其沉痛的心情写了这篇文章。

清代，成批转运出去的盐粮，由东始自泰州，向西直达汉阳，几乎遍及半个中国。仪征（属扬州府）恰恰是控扼盐船来往的水路要津。这里的江面船只密布，桅杆遮蔽天空，远远望去，宛若城郭。然而，就因为一场大火，无数船只同归于尽，船上的死者变成了烧焦的肉干。遭受如此剧烈的火灾，谁能不万分悲伤？

正是隆冬时节，江上刮起大风，又是漆黑一片的晚上。最初只是“星星如血”，紧接着便是“百舫尽赤”。然后是遭受灾难的船民奔走狂呼，“跳踯火中，明见毛发，痛眷田田，狂呼气竭。转侧张皇，生涂未绝”，而后是烟消火灭，“齐千命于一瞬，指人世以长诀”。最后，是“衣缯败絮，墨查炭屑，浮江而下，至于海不绝”……

作者以文学手法，一一再现了大火燃烧的整个过程，展现了无比悲惨的场面。在突如其来的灾难面前，船民只能奔走狂呼。船上是熊熊大火，船下是滚滚的波涛，在这求天无路、告地无门的境地中，人们心中的恐怖与痛楚不难想象。

有船民之间的仗义互救，对于生的渴望更使他们苦苦挣扎，但是谁也敌不过无情的大火和滚滚波涛。12天以后，死尸漂浮出寒冷的江面，他们仍然斜瞪着眼睛，不肯瞑目。也许是知道自己的亲人前来凭吊慰抚，眼眶里便充满了血水，似乎在倾诉不幸遭难的内心悲伤。那些尸体，姿态各异，有的被烧得肢体不全，有的被烧得模糊不清。有的尸体蜷曲，有的尸体破损。或者七窍间充塞着尘埃，或者被折断的手指脱离了骨节。真可叹！这些尸体纵然盛入了棺椁，也是残缺不全的，同一个墓穴里不知名姓的冤鬼，聚在一起！即使收殓一捧燃灰，也难以分辨是谁的白骨，实在是惨不忍睹。

这一切，考验着人们的恻隐之心。

大火过后，人们无论是认识的或不认识的，都来这里祭奠。“麦饭壶浆，临江呜咽。日堕天昏，凄凄鬼语。守哭迍邅，心期冥遇”，逝者死不瞑目，生者哀毁骨立。作者汪中的情绪，也达到了极致，他终于爆发出这样的呼喊：

“人逢其凶也邪？天降其酷也邪？夫何为而至于此极哉！”

老天啊，这些人有什么罪过，非得遭受这样的横死冤屈呀？这些冤魂游荡不归，活着的亲人多么悲痛欲绝！他们捧着祭奠亡魂的酒类、食品，正临江洒泪。但见天昏地暗，似闻鬼魂凄语。他们驻足江畔，哀哭亡灵，留恋难返，心里希望能在阴曹地府里同亲人相遇。而那些死者的嫡亲子女，更是相互搀扶着，大放悲声，在路上随时可见。甚至有举族为此沉江者，终于落得无子无孙的悲惨结局。多么可悲啊……

作者对无辜罹难者，表示深深的悲哀和怜悯，对冥冥之中的莫测命运也表达了一种惶惑和恐惧之情。

当时的著名学者杭世骏，对《哀盐船文》作出了很高的评价："采遗制于《大招》，激哀音于变徵，可谓惊心动魄，一字千金者矣。"

然而，我们在这里要说的，是比仪征盐船惨案严重得多的惨案。当年，日本侵略军的铁蹄，践踏华夏大好江山，掠夺资源，破坏盐船，残害盐工，对中国人民所犯的滔天罪行，罄竹难书……

1937 年 7 月 7 日，是中国人民永远也无法忘记的悲痛日子。日本军队在卢沟桥发动全面侵华战争，将无数中国人抛入了血泪的海洋。

77 年过去了。

如今，大江南北，举国上下，从立法确认抗战纪念日和南京大屠杀国家公祭日，到坚持申请南京大屠杀为世界记忆遗产，再到发掘并公布日军侵华新档案、解禁战犯笔供……人们所做的一切，充分彰显了捍卫历史记忆，不忘国耻的决心。振兴中华的民族自觉和民族自信，是一股无法遏制的巨大动力。

让我们把目光重新投向早已逝去的 20 世纪 30 年代。

当年，日本鬼子侵略中国，到处烧杀掠夺，见什么都抢，自有诸多复杂的原因。但一般人可能想不到，其中之一却是盐。

日本人对于盐，寄托着特别的信仰。相扑选手参加比赛时，首先要喝水，这种水叫“力水”，喝了会浑身有力量。登上比赛的土台后，得弯腰抓一把盐撒在地上，这意味着把场地、身体都清洁了。

日本人办丧事，也要用盐。死者家的门口，会摆放一个盐盒。去吊唁前，应该抓一撮盒子里的盐撒一下，以体现对死者的敬意。回到家里，要用盐洗洗手，这样就不会把死魂灵带回来。

日本还有一种包装精美的“御守之盐”，卖给经常出差的人、开车的人、准备考试的人、外出旅游的人。据说买了这种盐，随身携带，就可以守护诸事平安。

作为岛国的日本，虽然四周都是海，拥有极其丰富的海产品，却一直缺盐。日本很少有制造优良海盐的海岸滩涂，不仅所生产的食盐不敷民用，连工业用盐也得依赖国外输入。何况，盐还是化学工业、国防工业的重要原料！

卢沟桥事变发生后，日本大藏省于1938年制定了一整套掠夺中国海盐的计划。优质的淮盐，正是他们觊觎的重点。

1939年3月，随着日本侵略军的步步进逼，淮北盐场所辖的板浦、中正、临兴、济南四个盐场以及临近盐场的连云港，相继沦陷，日军立即实施掠夺淮盐的罪恶计划。

这是一个全方位推行的掠夺计划。

首先，他们在沦陷区强制推行食用盐配给制度，以压低民食用盐的手段，增加淮盐向日本的输出量。各地的配额，全都归兴亚院直接掌握，连汪伪中央政府都无权变更。最初，他们规定每人每月配给食盐一斤，实际上的配给数，远远达不到这个标准，每人每月食盐量仅有四两。后来，有些地方每人每月干脆将额度由一斤减为半斤，再由半斤改为每户每月一斤，乃至完全停售，很多人为缺盐而焦虑。

在对沦陷区居民强行实施食盐配给制的同时，日军对抗日根据地则实行严格的食盐封锁政策。明确规定，盐作为一种特别重要的物资，禁止流入“匪区”。

他们经常派出宪兵检查食盐运输和销售情况，稍有怀疑，立即扣留、没收、封店、抓人，从来不会手软。

日军拼命实施统制配给和封锁政策，终于造成了盐荒。一些投机盐商乘机勾结官吏，大发国难财。他们囤积居奇，哄抬盐价，操纵黑市交易，中饱私囊。官价盐无货供应，私盐售价却是官价的好几倍。沦陷区的百姓长期经受淡食之苦。

与此同时，日本侵略者采取以低价、低税，甚至免税等手段，将淮盐大肆掠夺。由于汪伪政权的卖国政策，造成沦陷区经济状况日益衰退，财政枯竭，通货膨胀，物价飞涨。汪伪政权无法扭转局面，只能将恶果转嫁给老百姓——不断提高盐税。

根据民国盐务史资料记载，华中沦陷区自 1938 年始至 1945 年日本无条件投降前夕，无论是盐税，还是盐价，都已经上涨了 100 多倍。1945 年 1 月，每担盐税高达 600 元（“中储券”）。这个数字是十分惊人的。沦陷区八年，是中国盐务史上税价上涨最激烈的年代，也是盐税与盐价最混乱的年代。

日本帝国主义强行要我国输出海盐，根本不是所谓的平等贸易，而是一种军事武装裹挟下的巧取豪夺。尽管当时沦陷区的盐税暴涨，输出日本的盐税却始终保持战前水平，每担仅五分钱。要知道，这个极低的税率，在战前就是日本胁迫的结果。

不仅如此，侵华日军在各沦陷区还大量强索免税的所谓“军用盐”，以供侵华日军、马匹食用。有些人甚至以此走私牟利，中饱私囊。大量强索军用盐，占用了大量的沦陷区火车和各种民用运输工具，挤掉了民食用盐的运输，进一步造成民食盐匮乏。

日本帝国主义全面侵华八年，运用各种手段从中国掠夺的盐，占沦陷区产盐量的一半，即 110 万吨以上，其中淮盐约在 50 万吨左右，致使中国盐税损失达 20 亿日元。在他们的大肆掠夺下，名闻遐迩的淮北盐场陷入奄奄一息的困境。

强行霸占中国盐业资源的日军，将淮盐源源不断运往日本本土。有关资料表明，从 1941 年 4 月至 1942 年 9 月，仅仅 18 个月中，日本通过连云港港口运往日本的淮盐，就多达 110 789 吨。当时，日本的海轮几乎每天进出陈家港码头，一般载重都在 3 000 吨左右，较大的海轮如“瑞康丸”，载重量达四五千吨。

祸不单行，就在日军铁蹄踏上淮北盐场和连云港海州地区后，1939 年农历七月十六日，淮北盐场遭受了一次前所未有的海啸袭击。在这场突如其来的自然灾害中，1 600 多名盐工及其亲属被活活淹死。遭受灾难的盐场，四处断墙残垣，尸横遍野，盐田设备被严重破坏，呈现一片惨不忍睹的景象。

日军不仅没有一丝同情心，反而变本加厉，乘机加紧掠夺淮盐。他们打着修复盐田设备、恢复生产的幌子，在销盐中加征所谓的“复兴费”，逼迫上缴。这让日益萎缩的淮盐生产雪上加霜，不少盐场入不敷出，资金运转十分困难……

这样的历史，岂能忘记？

我们从前文已经知道，“川盐济楚”是自贡食盐输出历史的标志。四川自贡的地下埋藏着丰富、优质的盐卤，又拥有大量易于开采的天然气资源。在抗日战争期间，自贡的食盐输出又一次经受考验。

1938 年 10 月，进入抗战相持阶段后，整个大后方地区的海盐供应已完全断绝，国统区军民所需食盐，全都倚仗川盐救急。自贡成为整个大后方食盐供给的中心。

当时，日本空军为了切断中国抗日后方食盐供给线，进行了罪恶的“盐遮断”轰炸，自贡成为首选目标。飞机扔下黑压压的炸弹，在城市的四面八方坠落，爆炸声不绝于耳。

无数间房屋轰然倒塌，多少条鲜活的生命倒毙在血泊之中，一个个盐场被夷成废墟。

然而，顽强不屈的自贡人，在枪林弹雨中依然挺立着。

从 1941 年 7 月底开始的日军高强度的“盐遮断”轰炸，无疑给自贡和川东地区的盐业生产带来了很大灾难。但，穷兵黩武的日本侵略者，最终并没有切断中国的盐补给，更没有动摇广大人民群众的抗战信念。恰恰在更大程度上引起了人民对日本侵略者的刻骨仇恨，激起了他们坚持和发展生产的巨大热情。

自贡的广大盐工积极劳动，日夜加班加点，盐产量非但没有减少，反而增加了。

据《剑桥中华民国史》记载，抗日战争爆发前，国民政府收入的 80%主要来自关税、盐税和商业税，日军占领上海和其他沿海城市以后，这些利税便大多断绝了来源。当时非日军占领区的工厂，仅占全国工厂的 6%左右，到了 1944 年，工厂倒闭率已经达到 82%。特别是战争头两年,政府开支的 75%左右靠发行新货币支付,金属和金属制品的价格一下子上涨了 6.8 倍。

就是在国家产业崩溃、物价飞涨、通货膨胀这一系列极其艰难的情况下,自贡人义不容辞地担负起了历史的重任。

有资料表明,在长达八年的全面抗日战争期间,自贡盐场每年平均产量达 480 多万担,盐税更是占到全川盐税收入的 80%以上。以 1938 年为例,当年全国共计盐产量为 2 322.9 万担,自贡盐产量则达到 456.8 万担,占整个四川省的 53.45%,占全国盐产量的 19.67%。

全面抗战期间,在自贡这个产盐特区里,每年的税收均在 3 000 万元以上,后来更达到 5 000 万元以上。自贡盐场的大量增产和急剧增加的盐税,担负起了国难当头挽起危局的历史重任。

日本侵略军是无所不用其极的,具有牺牲精神的自贡老百姓却毫不畏惧。在日军飞机随时都有可能轰炸的情况下,自贡盐工冒着炮火,扎好井口,封好灶火,然后才躲进防空洞。等空袭警报解除,又立即开启灶口,点燃灶火,开始生产。

诚如冯玉祥将军当时所说:“是自贡盐商顶着成本高涨,原料缺乏(如钢绳),而盐的价格受着严格的管制,常常不敷成本,缺乏资金,往往不得不以高利去借贷。盐工的困难,是除了自己的伙食以外,每人每月工资仅二千元,只够买一老斗米,即以一家三口计算,也不够维持最低的生活……”

显然,那些源源不断支援各地的食盐,是自贡盐工用鲜血和生命换来的。中国的制盐工人,每人都有一副坚硬的骨头,任何时候都不屈服于日军的炸弹。

为了积极支持抗战，自贡老百姓还节衣缩食，积极捐款。1943年底，冯玉祥将军第一次到自贡号召献金，就获得200万元。第二年7月，冯玉祥将军第二次到自贡举行爱国献金，民众们争先恐后，一共捐款法币1.2亿元，金戒指800枚，金手镯10只，布鞋10 030双。

在矢志抗战的自贡老百姓面前，凶极一时的日寇难以实现其罪恶目的。而国民政府采取种种措施，加强防空，也在一定程度上抑制了日机轰炸的恶果。

在艰苦卓绝的八年全面抗战中，自贡人不仅作出了经济上的巨大贡献，还把优秀儿女送上战场。自贡这座仅有22万人口的城市，有近3万人先后从军，奔赴抗战前线。这些从工人、农民、学生、职员、官员、商人中走出的儿女，是盐都自贡涌现的英雄群体。

直到今天，他们仍是自贡的骄傲。

“七七”卢沟桥事变以后，日军对沦陷区的经济掠夺，向各个领域广泛渗透。他们在各地建立了许多公司和机构，全面进行各种资源的开发与掠夺。

当抗日战争进入全面相持阶段后，日本在华的经济侵略，由全面开发改为重点经营。为了速战速决，他们将掠夺对象瞄准了沦陷区的重要战略资源，即所谓的“二白”(棉花与盐)、“二黑”(铁与煤)。

1941年，太平洋战争爆发后，日本军队的侵略气焰愈加嚣张。他们图谋实现其霸占整个亚洲和澳洲的梦想，即实现其所谓“东亚共荣圈”的幻想。

河东盐池，是镶嵌在黄土高原上的一颗璀璨明珠。历经3 000多年的开采，依然行销晋、陕、豫等省。抗日战争爆发后，山西各地相继沦陷。1938年3月，日军迅速占领运城，早就被垂涎三尺的盐池，不幸沦入敌手，从此遭受厄运。

日军为了便于进行掠夺，宣布对盐池实行军事管制，命名为“军管理四十工厂”。在开发盐地的名义下，日本占领军组织了伪“河东盐务局”，统辖盐池各盐场，把持盐政，对盐池资源大肆掠夺。

侵占运城不久，他们就对盐池进行了一次公开抢劫。在汉奸、伪军的配合下，他们开着汽车、驾着马车到盐池肆意抢盐，并且强迫当地老百姓为他们装车搬运。在抢劫潞盐的同时，日军还将各盐场准备晒盐季节用的近万石粮食洗劫一空，连生产用的工具、器材都没有放过。

就是这次劫掠，盐池几乎十室九空，盐场的物资损失殆尽，致使日常生产难以为继。1938年整整一年，盐场粒盐未收，这可是自古以来从未有过的。

潞盐的运销向来由行商经营。日军占领运城以后，立即取消了由商人贩运的旧制度。盐池所生产的潞盐，全部由伪“河东盐务局”统一收购，然后分配给敌伪各合作社配销。在时局动乱，生产十分不景气的情况下，食盐的产量极低，除了一部分供应当地食用，大多数由日军控制着。他们不仅统一收购、统一分配，还控制了盐价，并且把沉重的税务负担强加于盐场主。

战争导致了物价飞涨，盐价却不能随之上涨。盐场主本事再大，也只能做赔本生意。在这种状况下，一些盐场主为了维持经营，无奈中暗暗拿钱向日伪“运动”。譬如，每次为了维持成本，提高盐价，盐场主都要与日方讨价还价，直至付出一大笔“运动费”，才能奏效。“运动费”动辄数万元，全都进了那些强盗汉奸的腰包。

日军在占领运城期间，还巧立名目，多方索取。除了税收，还强行征收军用盐和工业用盐。在所谓“日本帝国建国两千六百周年”时，日伪盐务局强迫盐场商为日军捐献了一架飞机，仅此一项，就勒索了食盐400多吨。

在军事力量的支持下，伪“河东盐务局”还将手中掌握的潞盐以高价换取根据地的蜂蜜、黄蜡、棉花、桐油、食油、牲畜和车辆等战争和生活必需品，盐池成了日本侵略战争的物资供应站。

硝板（白钠镁矾），是河东盐池特有的矿产，是重要的化工资源。数千年来，盐池只产盐不产硝，硝板中的硫酸钠（芒硝）含量特别大。硫酸钠不仅为造纸、制皂、印染等化学工业所必需，而且是钢铁工业、军事工业必不可少的原料之一。

日军占有盐池后，在了解盐池资源状况的基础上，立即把硝板作为掠夺盐池的又一主要目标。

连续几年，日军先后动员大批人力、物力、财力，用人力车、胶轮车等交通工具，不分春夏秋冬，突击抢运硝板，从盐池运走的硝板，多达数十万吨。

在抢运硝板之余，日军还在盐池盗挖盐根。所谓盐根，就是生产卤水的矿藏。盐根埋得很深，其氯化钠含量高达84.47%，是盐池的重要资源。日军十分野蛮地盗挖盐根，造成的破坏可想而知。

河东盐池遭受巨大创伤，生产奄奄一息，产量节节下降。

在食盐供应极度紧张的情况下，过去一直被政府禁绝的不能食用的土盐，竟也被私下里批准煎晒，征税行销。

然而，与自贡盐场的工人一样，河东盐池的工人也是头可断、血可流，意志绝不屈服。

尽管日本军队烧杀抢掠，无所不用其极，河东盐池掠夺与反掠夺的斗争始终没有停止过。运城沦陷前，河东盐场的员工们就组织起来，在当地百姓的配合下，抢运了一部分食盐出池。盐池沦陷后，盐工们仍继续坚持反对掠夺抢运食盐的斗争。

当时，中国共产党领导的抗日游击武装，经常活动在盐池南面的中条山、吴村、庙前一带，伺机打击敌人。盐工们纷纷利用自己的特殊身份，为游击队提供情报，协助游击队袭击盐警。一些青年盐工还直接投身于抗日武装斗争。他们自己组织起游击队，活动在盐池周围，在打击伪盐警的同时，配合八路军，开展英勇的抗日斗争，在历史上留下了许多可歌可泣的故事。

这一切，成为抗日史事中独特的一章。

环球同此咸淡

人对于食盐的需求，自古以来就是不分肤色，不分国度，也不分民族、信仰的。

欧洲三面环海，但是由于巴伦支海与挪威海的纬度太高，波罗的海盐度又太低，不便于制作精良的食盐。欧洲的内陆又很少见到盐池与盐湖。所以，从新石器时代开始，欧洲大陆就是地球上最缺盐的地区，特别是难以寻觅到地表盐源的东北欧。

“一部盐史就是一部文明进步史。”欧洲文明起源与扩展的历程，对这句经典语言作出了最好的实证。

如果我们仔细观察一下，可以发现意大利画家达·芬奇的代表作《最后的晚餐》中，有一个耐人寻味的细节：一只翻倒在叛徒犹大面前的盐瓶。这意味着死亡是叛逆者必然的下场。在《圣经》中，犹太人把盐看作体现永久的标志。《圣经·旧约》中称：“在你们所有的奉献中，必须包括盐”，“盐的契约永远有效”。《圣经·马太福音》则将人类的精英、社会的中坚比喻为“大地的盐”。

那么,欧洲人是从什么时候开始懂得食盐的呢?

考古发现,在公元前 3 000 年左右的古埃及墓穴里,就有盐的存在。当时的埃及人用盐腌的鸟和鱼,供奉给逝者,作为陪葬品的一部分。大约公元前 2 800 年开始,埃及人向腓尼基人出口咸鱼,换取黎巴嫩的雪松、玻璃和紫色贝壳染料。腓尼基人则从北非洲购买埃及的咸鱼和盐,转卖到整个地中海贸易帝国。

众所周知,欧洲的早期文明是地中海文明。地中海的含盐浓度与气候恰恰适宜于制作食盐。学者们认为,欧洲文明的曙光,首先是从克里特岛升起的。它靠近图兹湖、死海、大苦湖等众多盐湖,盐给先民的文明进步带来得天独厚的条件。死海是犹太文明的发祥地,大苦湖位于古埃及境内。横扼海上交通要道的克里特岛,以盐类资源的优势,成为亚、非、欧贸易的中继站。

公元前 2 世纪,罗马帝国迅速崛起,扩张成为环地中海的横跨欧、亚、非的大帝国。帝国庞大的财政支出,源自何方?主要是靠盐业资源。所以,盐是国家绝对要垄断的宝物,罗马法严格规定:“禁止市民汲取海水煮私盐贩私盐。”

当时,盐是人们心目中很贵重的物品,价值不菲。给军队官兵发薪金,往往不是别的,而是发盐巴,被称作“盐值”。以至于薪金与盐值后来几乎成为同一个词。

军人们征战时,随身携带的皮囊里,往往会装着一些盐。这些盐既可以食用,又可以拿出少许换取所需的物资。这样的盐值,足以诱使军队主动参与取缔“煮私盐”“贩私盐”的执法,参加国家的“护(盐)法战争”。

有人打了个比方，给军队发盐值，犹如以可卡因给军队发工资。指望他们去打赢反毒品的战争，其结果只能是使得这些“将在外，君令有所不受”的军队，在迅速腐败的过程中，最终成为另一种难以制约也难以清除的武装贩毒集团。

一个缺乏正常秩序的社会，往往像跷跷板，一头刚沉下去，一头便翘起来，周而复始。

种种情况说明，在古罗马时期，盐永远是稀缺而珍贵的。偏偏每一个人都离不开盐，盐的生产和运输就成了大事。只要一开始打仗，盐必然成为众矢之的，价格当即暴涨。许多罗马士兵都在为盐而战，或者为争夺盐、争夺盐的产地而战，不惜流血牺牲。

当时在欧洲内陆，文明进步相对缓慢，大多是处在氏族公社和部落联盟阶段。人们每天所需的食盐，仅仅依靠阿尔卑斯山和喀尔巴阡山及其迤北的山区、高原间不多的盐泉和偶尔采到的矿盐。后来，由于罗马帝国的扩张，战争彻底摧毁了这里原有的食盐生产和交换体系。公元7世纪以后，才逐步地缓慢复苏。中世纪，由于远程运输困难，资源不足，食盐价格甚至比原产地高出几十倍。

当然，罗马帝国有时候也会降低盐价，以确保最穷的公民也能买得起这种重要物品。罗马共和国初年，随着罗马市人口增多，运盐到首都的公路被建成。其中之一是从罗马通往亚得里亚海的“运盐大道”。虽然有其他更靠近罗马的盐水湖，但是亚得里亚海比较浅，盐分比较高，晒盐场的生产更加方便，投资修筑这样的大道还是值得的。

在古代的两河流域，盐能发挥奇特的作用。在毁灭一座城市以后，古代亚述人和赫梯人会在城市里四处撒盐，以诅咒这里的土地变得很贫瘠——含盐量大的土地，总是不利于作物生长。这个习俗，在中世纪战争中得到发扬光大。

罗马帝国后期到中世纪，盐始终是一种十分珍贵的商品。商人通过“盐路”把盐运给内陆的日耳曼人。在撒哈拉沙漠中，善于沙漠贸易的图阿雷格人始终维护着一条专为运盐车通行的贸易路线。为了把盐运到内陆的萨赫勒地区，一支大篷车商队可以组织到 4 万头骆驼。

有时候，商队还可以用珍贵的盐来换奴隶，撒哈拉沙漠西南边缘的廷巴克图，就曾经是一个繁荣的盐和奴隶市场。

记得那年秋天，我们乘坐火车从德国的慕尼黑前往萨尔茨堡。即将进入城区时，远远看见一座气势不凡的城堡，屹立在绿阴笼罩的山岭上。城堡倒映在河面上，显出一种童话般的情趣，令人顿时兴奋起来。原来，这便是著名的霍亨萨尔茨堡大要塞，古城的标志。

位于奥地利中部的萨尔茨堡，古迹遍布，典雅幽静，四处呈现阿尔卑斯山秀丽风光，大自然的青睐和历史的凝聚，使它成为全世界最美丽的城市之一。它不但是旅游胜地，更是一座仅次于维也纳的音乐之城。它是与莫扎特的名字紧密相连的。1756 年 1 月，莫扎特就诞生在这座城市格特赖德尔加塞大街的一幢楼房里。

现在，除了莫扎特的出生地被辟为纪念馆，他在市政广场旁曾经居住过的那幢房屋，也陈列了他的生平事迹，吸引世界各地的人前来参观。要塞古堡前的广场，是游客们的必经之地，装饰得古色古香的马车，拉着游客在景区内兜风，只要抬起头，就可以看见莫扎特的塑像屹立在巴洛克式建筑的包围中。

萨尔茨堡有着深厚的音乐传统，男女老少都酷爱音乐。在每年1月举行的莫扎特音乐周，自1920年起由卡拉扬主持举办的萨尔茨堡音乐节，总会有世界各地的音乐家们前来作精彩表演。音乐让这座古老的城市始终保持青春活力。

后来我才知道，萨尔茨堡其实是一个贸易中心。它地处阿尔卑斯北麓，位于国际贸易路线的交叉点上，早在公元1000年的时候，就成为欧洲商品的集散地。其中有很多原因，盐贸易立下了头功。老城中心的“老市场”与赛蒙特—哈夫纳街之间的“盐市场”，曾是本地居民和远方客商聚集的地方，十分热闹。

一条名曰“盐河”的河流蜿蜒流经萨尔茨堡。它是几个世纪来运输食盐的重要通道。

我在格特赖德尔加塞大街漫步，看见一位中年人拉着小提琴，在录音磁带的伴奏中，动情地演奏着莫扎特的《G大调弦乐小夜曲》。那如诉如泣的旋律温柔而恬静，充满了缠绵的浪漫情思，有几分甜蜜，也有几分忧郁，在风中四处回荡。

这是一条狭窄的老街。街上层层叠叠的广告牌，几乎都是铸铁花架，精美古朴，足以让人想起遥远的过去。

是的，盐类贸易的巨大收益，为萨尔茨堡的辉煌奠定了基础。没有盐，眼前的这些令人瞩目的巴洛克式建筑，这些气势不凡的教堂、宫殿和广场只能是海市蜃楼。

欧洲有一个著名童话《盐精灵》。它以富有哲理的朴素告诉我们，世界上什么东西比黄金珠宝更重要。

故事说，某一天，老国王瓦斯拉夫准备从他的三个女儿中，挑选出一个继承皇位。其前提是听一听女儿们对他的热爱之词。两个大女儿用黄金和珠宝来比喻自己对父王的爱，瓦斯拉夫感到挺舒服。当他满怀期待小女儿也能像两个姐姐那样，说出盛誉之词时，小女儿马驭什卡却说，我对您的爱如盐。

国王大失所望。他忍不住大发雷霆，赶走了马驭什卡。马驭什卡的情人盐王子也因此变成了石头。

可是，谁能想到，从此以后，国王和他的子民们却因为自己的贪婪遭受了神界的严厉惩罚——国内所有的盐，全都变成了黄金。虚无的富有，根本就赶不上无盐的痛苦。他的两个口蜜腹剑的大女儿，更是为争夺财富兵戎相见。

小女儿马驭什卡为了拯救她的情人和被诅咒的人民，历经各种磨难，以一颗执着而善良的心灵，终于用无限的爱和虔诚获得了上苍的怜悯和关爱……

任何事物，与绝大多数普通人休戚相关，才是真正的珍贵。

韩国人有一句俗语："泡菜是半个粮食。"不管多么奢华的宴会，餐桌上都少不了泡菜。以米饭为主食的韩国人，一日三餐离不开泡菜。泡菜象征着独特的烹调文化。

2013 年 12 月 5 日，联合国教科文组织保护非物质文化遗产政府间委员会，在阿塞拜疆巴库通过决议，正式将韩国"腌制越冬泡菜文化"，列入人类非物质文化遗产名录。至此，韩国已经拥有 16 项非物质文化遗产，包括宗庙祭礼与宗庙祭礼乐、江陵端午祭等等。

有关官员在会议上表示，韩国人腌制越冬泡菜的文化代代相传，韩国人从中发扬邻里共享的精神。泡菜文化增强了韩国人的纽带感、认同感和归属感。

说起来，泡菜文化的产生有些被迫。韩国所处的地理位置，冬季不仅寒冷，而且漫长，不利于水果蔬菜的生长。在艰难的岁月中，韩国人渐渐学会用盐来腌制蔬菜，以度过漫长的冬季。

无疑，泡菜是以一种巧妙的构思，用盐和蔬菜共同组合，在时间、水和情感的共同作用下，所形成的美食文化。由于带有地域特色，愈加令人入迷。

但，听说泡菜文化被列为“非遗”，重庆人颇不服气。他们认为，腌制泡菜是从16世纪韩国传入辣椒开始的，辣椒是从中国（主要是从重庆地区）传入韩国的。何况，称之为“泡菜”并不正确。真正的“泡菜”是指重庆地区盛行的一种乳酸菌发酵的美食，关键恰恰在“泡”字上，制作过程与韩国泡菜有明显区别。

也有学者说，韩国的泡菜文化，有着深厚的中国儒家文化痕迹。早在中国的《诗经》里，就出现了“菹”字，它被解释为酸菜。正是这种腌制的酸菜，渐渐传入韩国。他们认为，韩国泡菜源自重庆市江北县（今重庆市渝北区）大湾镇，唐朝将军薛仁贵被政府发配到高丽（今韩国），在高丽安家。他的随从有好几位是重庆市江北县人，会做家乡的泡菜。从这个时候起，重庆泡菜传入韩国，并且进入平民家庭。

可无论如何，韩国人的泡菜将盐文化用活了。

自朝鲜时代开始，韩国人每年过冬前都要腌制一大批白菜，作为过冬食物。这成为家家户户一年中最重要的家务。每到腌泡菜的季节，左邻右舍、亲戚之间相互约定时间，避免选在同一天动手腌泡菜，以便调剂劳力。韩国人普遍认为，“就我们民族而言，米饭是主食，泡菜是副食。再稀奇的山珍海味，如果没有泡菜，也会让人觉得餐桌上缺了什么。而且吃泡菜已经上瘾了，不吃泡菜就受不了了，是饮食中必不可少的部分……向别人借泡菜或者酱类是非常丢脸的事”。

在韩国的传统家庭中，一坛泡菜的原味卤汁，可以传承九代人：曾祖母传给祖母，祖母传给母亲，再由母亲传给儿媳，然后一代代往下传。所以，真正的韩国泡菜被称为“用母爱腌制出的亲情”，岁月愈久，味道愈浓，以至于把泡菜的好味道称为“妈妈的味道”。也许正是如此，泡菜在韩国人的日常生活中远远超越了一道佐餐菜肴，升华成了一种特有的传统和文化。

韩国人钟爱泡菜还有另一个原因，许多人的性情也很像泡菜——辣，甚至有点暴烈；爽，做事干脆麻利。所以，隐藏在人们心底的泡菜情结，永远都挥之不去。

提起亚洲的盐，我们不能不说说印度。

已故印度政治领袖甘地，是一位苦行僧式的人。他剃着光头，上身赤裸，皮肤黧黑。他走到哪里，都会引起一阵阵激动的欢呼，都会有一群信徒自愿跟随着他。

出身于古老家族的甘地一再说，我们的身体是为神和众生服务的，众生包括人和其他的生命。既然我们生命的目的是为他人服务，为其他的生命服务，就应该把自己全身心地投入进去。如果把我们的一生献给了为众生服务，那就必须克制欲望，不能纵情声色，应该追求纯洁的生活。所以，他从 37 岁开始禁欲，一直到 79 岁被刺客枪杀。

在印度这个有悠久宗教传统的国家里，佛教和印度教的影响十分深广。甘地是一个虔诚的教徒，笃信教义。他创造了一种独特的争取印度民族独立解放的方式，叫作“非暴力不合作运动”。

所谓“非暴力不合作运动”包括两部分内容，一是“非暴力抵抗”，二是与英国殖民者“不合作”的态度。具体内容包括辞去英国人授予的公职和爵位；不参加殖民政府的任何集会；不接受英国教育，以自设的私立学校代替英国统治者的公立学校；不买英国货，不穿英式服装，自己纺纱织布；不买英国公债，不在英国银行存款等等。

“非暴力不合作运动”，在1930年的“食盐进军”中达到了高潮。

这一年，英国殖民当局制定和颁布了食盐专营法。这个专营法规定，人们只能到政府指定的食盐专卖店买盐，购买时要征收重税。这样做的目的，是为了垄断食盐生产，任意抬高盐税和盐价，自然引起当地人民的强烈不满。

于是，甘地号召印度人民用海水煮盐，自制食盐，以此抵制殖民当局的食盐专营法。已经是60岁出头的甘地，身体力行，不辞劳苦，带领成千上万的信众，从印度北部阿默达巴德城修道院出发，步行向南，最后到达丹地海岸自制食盐。他的信奉者，被后世誉为“自由圣女”的女诗人萨罗吉尼·奈杜，则率领2 000多名志愿者向苏拉特进军，准备占领那里的巨型盐场。

甘地的信奉者们默默地前进，在离围栏大约100码的地方停了下来。经过挑选的一队志愿者，徐徐从人群里走出来。他们越过壕沟，向铁丝网靠近。突然，一声令下，一大群印度警察扑向迎面而来的示威群众，他们手中的包铁长棒雨点般地落在志愿者的头上。但，没有一名示威者举起一只胳膊，来抵挡一下落在头上的棍棒。他们痛苦地栽倒在地。然而，后面的示威者只管前进，哪怕被打倒……

一路上，尽管道路坎坷，日晒风吹，蚊叮虫咬，甘地却根本不放在心上，随时抓住机会向群众宣传，发表演说。经过24天的徒步旅行，到达海边时，浩浩荡荡的队伍已有几千人。

甘地和他的信徒们在海边整整坚持了三个星期。

每天清晨，他们在海边祈祷，然后打来海水，蒸煮、分馏、过滤、沉淀。制盐劳动是十分艰苦的，对于因多次进行绝食斗争而疾病缠身，已是60多岁的甘地来说，更是自讨苦吃。但他自始至终不愿放弃，直到被捕入狱。

盐路长征，很好地证明了甘地的非暴力策略，为印度的自由独立运动贴上了甘地主义的标签。

他始终认为，通过非暴力运动可以使两者共荣，即既结束印度的不公局面，也让英国保有荣誉。

盐路长征快要结束时，甘地在他的演说中说："我注意到，为了便于晚上的旅行，一个苦力头顶着一个装着煤油炉的凳子。这是一个令人羞耻的场景。这个苦力被唆使着要走得快点。我不能忍受这一幕，于是我加快走路速度，但这却无济于事。那个苦力被迫紧跟着我跑，这一幕更是彻彻底底地使我感到羞愧。如果这些东西必须要带着的话，我希望看到是我们中的一个人带着，而不是苦力……我们将在最近将凳子和炉子分配下去，如果我们不能及时更正我们的错误，那么未来的自治又何以奢望？"

即便是在小镇上购买的牛奶、蔬菜和白炽灯，也足以引起甘地内心的气愤。

演讲时，他内心的痛苦感开始不断涌现。他问道，为什么数以百万计的人在忍受饥饿的时候，我们这些真正的战士却在放纵自我？镇上成千上万的小木屋在黑暗中被淹没，仅仅是因为没有哪怕一块钱去买一盏小小的油灯。我们又怎么能烧油灯呢？

于是，灯，一盏接一盏地熄灭。会议在黑暗中静悄悄地进行。只留下一盏小小的灯，映照出甘地的伟岸身躯。

…………

印度媒体对甘地的“食盐进军”进行了广泛报道。沿海各地民众纷纷响应甘地的号召，自制食盐。与此同时，全国各地也都开展了反对英国殖民统治者的斗争，罢工、罢课、游行示威，请愿运动一浪高过一浪。英国殖民当局十分惊恐，他们逮捕了甘地和国大党的其他领导人，并下令取缔国大党。

甘地被捕的消息传开了，顿时举国上下民怨沸腾。数万名自愿者慨然要求与甘地一同坐牢，宁愿把牢底坐穿。当局蛮横地逮捕了6万多人，这下子更加激怒了人民。不久，全国各地爆发了武装起义，有的地方宣布独立，建立自治政权。印度的民族独立运动渐渐脱离“非暴力”的轨道，走向暴力革命。

英国殖民当局终于想起了甘地的“非暴力”主张，不得不改变了策略。1931年1月，殖民当局释放了甘地，撤销了取缔国大党的禁令。随后，与甘地达成了协议。甘地改变不合作态度，停止不合作运动，而当局则释放政治犯，允许沿海人民煮盐……

150多年前，美国的一张报纸，刊登了题为《如何生产家用盐》的文章。文章很详细地介绍，可以拿一条毛巾，或者一块布，将两端缝合在一起，悬挂在滚筒上。一端不断随滚筒滚入一只盐水盆中。太阳和空气会对这块布产生作用，迅速地把水蒸发掉。在一天里一定要滚动多次，使这块布充分地浸透，达到饱和。当溶液几近蒸发干净时，把它倒入大浅盘或者平盘之中，让它在太阳下晾晒，直到形成盐为止。每天夜晚取回，并且加上盖子。这样的盐，可以大批量生产。1 加仑的盐水在蒸发之后将会产出 2.5 盎司的盐。

文章强调，制盐要有一点耐心，因为盐是缓慢形成的。

由此，不难看出当时盐的紧缺。

美国作家马克·科尔兰斯基在他的作品《盐》中，则把话说得愈加概括："美洲的历史，可以说是一部连绵不断为盐而战的战争史。谁控制了盐，谁就会拥有权力。在欧洲人到达之前是如此，美国内战之后仍然是如此。"

再来看看美洲的其他地区。

有关玛雅人生产盐的最早记录，可以追溯到大约公元前 1 000 年。不少专家认为，玛雅文明是由于盐的生产和盐的贸易繁盛起来的。尽管连绵不断地爆发了控制盐资源的战争，它依然繁荣了起来。同样，由于盐贸易活动的衰弱，玛雅文明渐渐衰退。

玛雅人总是被认为是一个具有独特智慧的民族。玛雅人很早就懂得把盐作为药品，与一种植物的叶片混合在一起，用于控制生育。犹如他们能用蜂蜜来减轻妇女生养孩子时的疼痛（蜂蜜还被他们用于与生育和死亡相关的仪式）。

在尤卡坦半岛，至少在 2 000 多年以前，盐是利用太阳能蒸发海水生产的（这和中国古人用海水晒盐异曲同工）。玛雅人还懂得如何从植物中提炼盐。他们会烧掉植物、特定种类的棕榈叶和绿草，将它们的灰烬浸泡在盐水之中，然后蒸发，使之成盐。

事实上，尤卡坦半岛的气候特别适宜于制盐，在交通地理上也很适宜于对外贸易。它临近加勒比和中美洲，种种有利条件，使它成为哥伦布发现美洲之前美洲最大的产盐地。哪怕在被西班牙人占领后，仍然保持着制盐业的领先地位。在尤卡坦半岛，西班牙人无法找到贵金属的储藏，于是转向盐场，以寻获国家税收。西班牙王室设置了各种各样的盐税，盐价因此变得十分昂贵。

如玉的盐晶

对于英国人而言，初次登上的美洲大陆是北方的纽芬兰，他们在那里捕获鳕鱼，又在南方的加勒比登陆，获得了盐。盐是他们加工鳕鱼的必备条件。当纽芬兰和加勒比的殖民人口达到一个可观的数量后，他们才把美洲看作一个出售利物浦盐的市场。

葡萄牙既拥有海盐，又有一支重要的捕鱼船队，但是需要军队保护，尤其是要努力避免法国人夺取他们的船只。在这种情况下，英国与葡萄牙很快结成了联盟，由英国为葡萄牙提供海军保护。自然，主要是保护它的海盐。

在加勒比，运到北美洲的主要货物是盐。盐远远比食糖、糖蜜或者朗姆酒在船上占据的吨位大。从北美洲运送到加勒比的主要货物则是腌鳕鱼,这是在种植园中干活的奴隶们的日常食品。

在巴哈马群岛南部像链条一样展开的岛群中,耙盐者发现了一些带咸味的内陆湖,这些湖非常适于制盐。人烟稀少、乏人居住的岛屿很容易转化成制盐中心。

耙盐者使用简单的工具,刮下盐水塘边缘已经蒸发结晶的部分。尽管这是一种非常原始的方式,但成本很低,似乎效果还不错。船上的成员,为了盐,一般会在岛上停留几个月的时间,有时候甚至长达一年。当船长及他的奴隶们完成了获利颇丰的海上冒险,返回岛屿时,顺便把留在岛屿上的其他成员接上。当然,最重要的是带着满舱的海盐,运往北美洲殖民地出售。

17 世纪 50 年代,一群来自百慕大群岛的英国殖民者,航行到大特克斯——一个很小的沙漠之岛,发现了它的邻岛索尔特岛。索尔特岛只有 2 英里长,1.5 英里宽,却能制盐。过往的船只往往会在岛上停留,在占据岛上面积三分之一的盐水塘里耙盐。

日久天长,制盐者们在岛上建造了一个池塘和水闸系统。用风车在一个接一个的池塘里抽取海水。然后砍倒大树,用来作为煮盐的燃料。与此同时,他们建起了百慕大式宽敞的石头房屋,用厚厚的墙壁来承受石块垒成的屋顶。这些房屋设计得很科学,从东部门廊,可以看到盐水池,从西部门廊,则可以看到装运码头。盐是如此珍贵的财富,不能委托给其他人,所以被保存在地下室里,他们日夜派人看守。

说过了盐与美洲,我们也来说说盐与非洲。

像古罗马人的盐值一样,古代的埃塞俄比亚人,也曾经把盐作为货币使用。官吏每月所领的工资，是一种方形的盐块。在市场上拿几个小盐块，就可以换得一条大鱼。

无独有偶，古埃及人常常将熬好的盐倒入特定的模型里，制成刻有特别印记的小盐块，以此在市场上当钱币流通。6世纪时，在撒哈拉地区，摩尔商人会以一盎司的盐，换来同等重量的黄金。威尼斯商人往往将盐贩运到君士坦丁堡，去交换香料。古希腊历史学家希罗多德曾经这样描写过："威尼斯光彩夺目的财宝，与其说来自香料的贸易，还不如说来自平凡的盐。"

盐，是非洲在发现石油前最重要的经济资源，盐为这个地区带来极为可观的商机。

非洲较大的盐产地，都在人烟稀少之处，例如撒哈拉北部的咸水湖，就是一个代表。撒哈拉咸水湖的盐，似乎比其他地方的盐更受内地顾客的喜爱。

人们依照湖盐的特色和功效，把它们分成好几个等级。最初级的盐饼，供牲畜食用，在维系它们健康的同时，增加牛奶产量。经过提炼的晶盐，主要供人类食用。

在茫茫沙漠中，商队的盐路之旅是极其艰难的。他们的长途跋涉，往往是一年才能往返一次。灰黄色的驼队从沙漠的边缘地带出发，在烈日与寂寞中，艰难地走过无数沙丘，为孤岛一般的绿洲带来杂类作物，以及供居民一整年所需的食物。他们付出的，不只是无法衡量的辛劳，或许还有鲜血与生命。

盐，不仅对人类很重要，对牲畜也很重要，它是维系骆驼生命的必需品。久而久之，人们衍成习惯，每年到了一定的时间，就要过一个专门为骆驼和其他牲畜而设的"盐节"。

穿越沙漠的盐路，令人步履艰辛，却又一步也不肯停歇。披星戴月、手牵骆驼的商人们，默默苦度着像沙子一般枯燥的岁月。他们不仅进行商品交换，更串连起了沙漠内外各地区的互补联系。商品的定期交易，建立起非洲大陆的生活节奏，在北非进入西方殖民时期前，架构出了稳定的社会结构。

蓝天白盐

这一切，在今天的人们看来显得如此原始，如此平凡。然而，历史就是这么一步步走过来的。

历史也证实了一个看起来并不稀奇的观点：没有哪个人种能离开盐。

环球同此咸淡。

无意中，从网络上读到一首诗。寥寥几句，却意境深远。不知道这个 Stephen 是谁，忍不住引录如下，与读者同飨：

这个世界像一条巨大彩虹，哲学是一束紫罗兰。
生活是一辆古怪的自行车，哲学是那价码标签。
我是盐，哲学是餐桌上的小盐罐儿。
——注意：这里有盐，还有盐罐儿！
我们是地球，哲学是乌克兰。（为什么？）
我们是 T 恤，哲学是那 V 形领。
我坚信我一贯正确，
而哲学将在所有其他人中造就我的信徒。

——Stephen，2010

唐诗宋词里的盐

中国是一个诗歌的国度。唐诗、宋词、元曲，构成了中国传统文化的精髓。古人云："粗缯大布裹生涯，腹有诗书气自华"，即使是一个身穿粗布衣服的百姓，也因为饱读诗书而气度不凡。即便是生活在现代社会的孩子，从小也要背诵唐诗。

源于社会生活、产生于民间的诗词，永远为人们所喜闻乐见。

值得一说的是流传至今的许多诗词名篇，也描绘了煮海熬波的盐，成为名副其实的文化结晶。盐的生产、运输，与盐相关的盐官、盐商、盐贩、百姓……几乎都有可能出现在诗词中。

我们不妨先举几个例子。

描写盐业生产场景的唐诗，有杜甫的《出郭》："远烟盐井上，斜景雪峰西。"白居易的《初到忠州登东楼，寄万州杨八使君》："隐隐煮盐火，漠漠烧畬烟。"诗人的情怀总是浪漫的。即便是平淡无奇的盐场，在袅袅青烟的笼罩下，似乎也还是有几分动人之处。而"煮盐沧海曲，种稻长淮边"（高适《涟上题樊氏水亭》）、"海将盐作雪，出用火耕田"（吕渭《状江南·仲冬》）则描写了煮海盐的场景，海盐如雪白，劳作的盐工好似用火在海边耕田，真是别有一番意境。

寒山的诗，这样写道："怜底众生病，餐尝略不厌。蒸豚搵蒜酱，炙鸭点椒盐。去骨鲜鱼脍，兼皮熟肉脸。不知他命苦，只取自家甜。"盐不仅是餐饮的调料，甚至可以作为药物来疗治病痛。盐与百姓生活的关联，可见一斑。

如浪似涛

晚唐诗人贾岛在《寄沧州李尚书》中，则是这样写的："水县卖纱市，盐田煮海村。枝条分御叶，家世食唐恩。"在诗人生活的年代，以盐为生的盐丁，已经形成一个群体。由于生产规模日益扩大，不少地方已经形成盐丁聚居的村落。从诗中可以看出，只要有了盐，清贫的生活也就觉得很安逸，也就甘之如饴。

古代，水路是最重要的通道，食盐的运输也大多依靠漫漫水路。杜甫的《夔州歌十绝句》写道："蜀麻久不来，吴盐拥荆门。"荆门，即湖北宜都县西北的荆门山，形势险峻。尽管路途遥远而又艰难，淮盐还是销售到了这里。

观音兜

杜甫在《白盐山》一诗中，则歌颂了淮盐产地之一泰州的繁盛："（盐山）卓立群峰外，蟠根积水边，他皆任厚地，尔独近高天。白榜千家邑，清秋万估船。词人取佳句，刻画竟谁传。"

而我们从刘长卿的诗句《宿怀仁县南湖寄东海荀处士》中，同样也可看出盐场的气势："一水不相见，千峰随客船。寒塘起孤雁，夜色分盐田。"

元末诗人杨维桢，是浙江诸暨人，别号铁崖、铁笛子、铁心道人。历任浙江天台县尹、杭州四务提举、建德路总管推官。元末农民起义爆发后，杨维桢避寓于富春江一带，张士诚屡召不赴，后来隐居江湖。杨维桢在诗、文、戏曲方面都颇有建树，历来对他评价很高。他的一首诗，生动地描写了盐商的雄厚政治经济实力：

人生不愿万户侯，但愿盐利淮西头。

人生不愿千金宅，但愿盐商千斛舶。

大农课盐折秋毫，凡民不敢争锥刀。

盐商本是贱家子，独与王家埒富豪。

"盐商本是贱家子，独与王家埒富豪"一句，很清楚地刻画了盐商暴富的特征。

白居易的《微之春日投简阳明洞天五十韵》："越国强仍大，稽城高且孤。利饶盐煮海，名胜水澄湖"，不是直接写盐商，却描绘了盐产地的富饶，也有异曲同工之妙。

李白一生写下了无数脍炙人口的诗章，被誉为屈原之后最具个性特色、最伟大的浪漫主义诗人，达到了盛唐诗歌艺术的巅峰。他的一首《题东溪公幽居》，堪称唐诗与盐的完美结合：

杜陵贤人清且廉，东溪卜筑岁将淹。
宅近青山同谢朓，门垂碧柳似陶潜。
好鸟迎春歌后院，飞花送酒舞前檐。
客到但知留一醉，盘中只有水精盐。

杜陵贤人东溪公，是一位高洁清廉的人士。卜居于当涂县青山附近的水溪，还将隐居多年。东溪公隐居的住宅，与谢朓的住宅都与青山很近，门前的垂柳又很像陶潜住宅旁的柳树。鸟儿在后院鸣唱迎春，飞花伴着酒香在前檐舞旋。这一切，构成了春光中最动人的景象。诗人以飘舞的花朵“送酒”为来客喝酒助兴，不但营造了温暖、热烈的氛围，而且暗示了主人对客人的真诚。

古镇新场一瞥

最重要的，自然是这一联：“客到但知留一醉，盘中只有水精盐。”客人到此只知道畅饮一醉——来了肯定要一醉方休的，不过，盘中别无肴馔，只有水精盐。

水精盐，也作水晶盐。陆容《菽园杂记》载："环庆之墟有盐池，产盐皆方块如骰子，色莹然、明澈，盖即所谓水晶盐也。"古人以盐佐酒是常为之事。诗人通过"水精盐"这一意象，表明了喝酒时没有别的下酒之物。这是因为东溪公"清且廉"，丝毫不以生活的清贫为耻，显现了诗人对东溪公的敬慕。而从另一方面，我们也可以看出，水精盐在当时终究是拿得出手的物品。

而从他的另一首《梁园吟》，我们也可看到以盐侑酒的情景：

平头奴子摇大扇，五月不热疑清秋。

玉盘杨梅为君设，吴盐如花皎白雪。

持盐把酒但饮之，莫学夷齐事高洁。

昔人豪贵信陵君，今人耕种信陵坟。

唐诗宋词，以文学形态记录了历史时代。富有社会责任感的诗人们，把殷切的目光投向与民众生活休戚相关的盐，投向足以左右经济走向的盐业生产，投向制造、运输、经销、消费等环节上的不同角色，或描摹写实，或即物咏事，或借盐喻世，或感叹寄情，使如珠如玉的盐，愈加闪烁耀眼的神采。

两汉时，海盐生产就已经具有一定规模。到南北朝时，已经"海滨广斥，盐田相望"。唐初，政府承袭了隋代的盐"与民共之"的政策，盐业管理比较松弛，食盐流通也不予干预，完全由商人和百姓自主经营，促使淮盐远销，造成了市场的繁荣。从杜甫的诗《夔州歌十绝句》，我们不难看出淮盐远销的景象：

蜀麻吴盐自古通，万斛之舟行若风。

长年三老长歌里，白昼摊钱高浪中。

夔州，地处西南山区，是川江沟通长江中下游地区盐、麻运输中转集散地。杜甫的诗句，描写载有万斛淮盐的船队，顺风顺水地进出夔州，令人联想起江河贯通、千帆竞发的繁忙景象。有趣的是，在长长的纤歌声中，弄船人却胜似闲庭信步，即使浪涛滚滚，依然显得很自在，一边行船，一边还坐桌猜压钱财。从这一个侧面，我们完全可以了解，在当时长途运输淮盐，早已是一件毫不稀罕的事情。

不过，看到了盐丁劳苦，盐官和盐商靠卖盐获利颇多，杜甫又忍不住感叹：

君子慎止足，小人苦喧阗。

我何良叹嗟，物理固自然。

卢纶的诗《送王录事赴任苏州》，中间有这么四句：

潮作浇田雨，云成煮海烟。

吏闲唯重法，俗富不忧边。

“云成煮海烟”，指的是众多煮盐灶同时燃薪煮卤而熬制出食盐。烟雾弥漫天空，竟凝成大块云朵。

唐代，煮制海盐的技术已日趋提高。由于国家改革盐法，通过掌握统购、批发两个环节来控制盐政。盐务官吏们以法律条规来管理盐政，盐市秩序比较稳定。所以，不管是盐民还是商贾，都因盐业旺产旺销而富裕殷实，无忧可虑。

他的另一首诗《送盐铁裴判官入蜀》，则是写给一位盐官的：

传诏收方贡，登车著赐衣。

榷商蛮客富，税地芋田肥。

云白风雷歇，林清洞穴稀。

炎凉君莫问，见即在忘归。

这首诗描写了盐铁判官到蜀地任职的过程，先是接受“传诏”，朝廷给予“方贡”，然后穿上皇帝给的“赐衣”，乘车到蜀地上任。自然，诗人希望裴判官不要计较“炎凉”，当好一方盐官。因为“盐利天下”，盐对经济的作用很大。

王维的诗作中有一首《送元中丞转运江淮》，可以与卢纶的诗《送王录事赴任苏州》相观照。其中四句曰：

薄税归天府，轻徭赖使臣。

欢沾赐帛老，恩及卷绡人。

安史之乱之前，由于社会稳定，百姓安居乐业，导致“州县殷富，仓库积粟帛，动以万计”。政府对于盐业，并未加征间接税，所以，诗人在送友人赴任盐官的这首诗中，颂扬皇帝赐丝帛于老臣，老百姓也得到薄税、轻徭的好处。元中丞走水路来往于江淮，所看到的也正是因淮盐而生的富饶景象。

因淮盐而变得繁华热闹的扬州，是富庶之地，也是诗人兴会的所在。然而，并不是每个诗人遇到的都是顺境。布衣诗人徐凝，因怀才不遇而不得不归隐，但他没有在扬州找到理想的安身之处，而是到了睦州（今杭州淳安）。他离开扬州时的诗句《忆扬州》，是无法不与美人离别，有说不清的感伤的表达：

天下三分明月夜，二分无赖是扬州。

扬州的官场、商场、情场果是如此诱人，偏偏没有他的一寸立足之地。他只能带着十分复杂的心情，离开这个令人牵肠挂肚，想待下去却又待不下去的地方。诗，就变得那么五味杂陈。也正因为如此，这两句诗被人吟诵至今。

诗人杜牧，曾任淮南节度使幕，又入观察使幕。大和七年

(833 年)为淮南节度使牛僧孺推官,转掌书记,一度居住在扬州。身在因淮盐而兴起、繁荣的扬州,他对这座城市的政治、经济、社会以及市井生活,有了比较深的了解,他的诗句也就有了独特的扬州风味。

古镇新场第一楼

在《寄扬州韩绰判官》中,有一句流传颇广的"二十四桥明月夜,玉人何处教吹箫?"这,其实是在与友人韩绰调侃。意思是说你处在东南形胜的扬州,当此深秋之际,在何处教玉人吹箫取乐呢?

另一首《遣怀》,则很可能是他自身宴乐生活的写照。"十年一觉扬州梦,赢得青楼薄幸名。"或许,他也经常出入青楼,品尝到了用金钱买得欢愉,欢愉消散后的失落吧。

混沌本冥冥，泄为洪川流。

雄哉大造化，万古横中州。

我从西北来，登高望蓬丘。

阴晴乍开合，天地相沉浮。

长风卷繁云，日出扶桑头。

水净露鲛室，烟销凝蜃楼。

时来会云翔，道蹇即津游。

明发促归轸，沧波非宿谋。

这是长孙佐辅的诗《楚州盐壗古墙望海》。

诗人从西北来到楚州（淮阴）属下的盐壗（盐城）盐监院，在古城墙上眺远望海所看到的景象，激起了他的无限诗情。

长孙佐辅是朔方（今陕西靖边）人，客居吴地。他因为累举进士不第，变得放荡不羁，先游历，后隐居。他在四处游历时，也来到了当时因淮盐名声大震的盐城。他看到城市繁华、百姓安居乐业的景象，郁郁寡欢的心胸顿时为之敞亮。

在海边的盐场，长孙佐辅站在古城墙登高望远，不由诗兴大发。一览万里中，诗人想到了盘古开天辟地时的元气状态，望到了大江大河，望到了中原大地和海中仙山——蓬莱山，从内心深处抑制不住地吟诵出意境深远、千古传诵的美妙诗句。

与长孙佐辅在淮盐产地看到盛景而产生浪漫幻想不同，北宋柳永却完全是用一种现实主义的手法，写下了一首《煮盐歌》：

煮海之民何所营？妇无蚕织夫无耕。

衣食之源太寥落，牢盆煮就汝输征。

年年春夏潮盈浦，潮退刮泥成岛屿。

风干日曝盐味加，始灌潮波溜成卤。

卤浓咸淡未得闲，采樵深入无穷山。
豹踪虎迹不敢避，朝阳出去夕阳还。
船载肩擎未遑歇，投入巨灶炎炎热。
晨烧暮烁堆积高，才得波涛变成雪。
…………

柳永，崇安（今福建崇安县）人。仁宗景祐元年（1034 年）进士，官至屯田员外郎，世称柳屯田。早年屡试不第，一生仕途很不得意。他经常与教坊乐工和歌伎们交往，并通晓乐律。由于生活境遇等各方面因素，他成为描写城市风貌见长的婉约派词人，对宋词的发展有重大影响。

这首《煮海歌》，反映了盐民的艰辛生活，揭露了当时的社会现实。与他的那些描绘“偎红倚翠，风流事、平生畅”的词句相比，他终究还有关心民疾、为民请命的情怀。

皇祐元年（1049 年），一个不明不白的缘故，使柳永离开了繁华的京都，被贬到浙江定海，任晓峰盐场的监督官，这成为他写作《煮海歌》的基础。

盐场即景

古老的盐场，在潮水退去后的海涂上，一片片盐花在盛夏午后的日光晒照下白得耀眼。把这些带白花的海泥刮下来，用海水把泥上的盐花溶解、过滤成卤，再把卤水放到巨镬里煮到水干，直至白白的一层盐，这是多么繁复的程序和艰辛的劳作啊！

盐民们头顶的是炎炎烈日，面对的是熊熊柴火，连脚下踩着的泥涂，也在腾腾地冒着暑气。“自从潴卤至飞霜，无非假贷充糇粮”，“周而复始无休息，官租未了私租逼”。面对衣不蔽体、面露菜色的盐民，柳永十分震惊。

但，劳动的艰辛还在其次。盐民的痛苦更在官租、私租的剥削，很多人食不果腹，衣不蔽体，面如菜色。

作为一个文人，柳永的恻隐之心和责任感，使他无法面对这一切而置若罔闻。伴着对孤寂失落的贬谪生活的感叹，诗人用悲怆激昂的情怀写出了这一首大气磅礴的七言诗篇。

贬谪生活为柳永打开了创作的新视野，使诗人从风花雪月的窠臼里走了出来。

煮海之民何苦辛，安得母富子不贫。

本朝一物不失所，愿广皇仁到海滨。

以母子比喻官府与人民，从一个侧面看出盐在宋代由官府专卖，低价收购，官府成为盐民最凶狠的剥削者。他为盐民请命，祈求朝廷施行仁政，提高盐价，以活民命。柳永寄希望于宰相。如《尚书·说命》所言，治国像是烹饪，宰相即是调味的作料，“若作和羹，尔惟盐梅”。只要宰相得人，恢复“三代治世”是指日可待的。届时，盐民便能安居乐业了。

柳永希望“太平相业尔惟盐”，让盐民过上夏商周时代的生活，然而，他的愿望却不是统治者所能理解的。这篇《煮海歌》，竟成了柳永又一次被贬的依据，他离开了盐场，最终在潦倒中离开人世。

海的精神与盐的精神

在江南水乡的一些地方，还能看见划子船。

这种犹如漂泊在水上的一片树叶似的小船，只有一支桨、一根竹篙。既没有舵，也不备跳板。但是它吃水浅，掉头灵活，能在小河浜中自由进出，也能驶入宽阔的江面和湖面。

浩瀚无垠的湖水间，划子船与那些伟岸的轮船和帆船相

新场包家桥

比，实在是太渺小了。它忽而被推上汹涌的浪尖，忽而又跌入低陷的波谷。有时它失去了踪影，一会儿又从奔腾的波浪里钻了出来。驾驭着划子船的船工，双手握桨，稳稳地坐在船上。风浪无情地拍击着船舷，湖水将船身浇得透湿，在大船上的人看来，它随时都有倾翻的可能，但船工凭借自己的勇气、经验和娴熟的划船本领，悠然划过波山浪谷。船舱里装满了沉甸甸的食盐、青菜和萝卜，是他赖以为生的一份财产呢！

最能体现江南水乡渔猎传统的，还是要数划子船。

考古研究发现，早在五六千年前，我们的先民就用比划子船简陋得多的独木舟，漂洋过海，从中国东南沿海地带前往日本、朝鲜和琉球群岛，寻求更加广阔的生存空间。

独木舟出海无疑是严峻的考验。

试想，在苍茫无际的海面上，独自驾驭孤零零的独木舟，需要多么坚忍不拔的毅力和超人的勇气啊！当年，在“食海物自活”的环境里，他们已经能够捕捉到蓝点马鲛——一种游动迅速的外海鱼类，用以充饥。生食海鱼，还能补充人们缺失的盐分。多少个日日夜夜的漂流，还有比饥饿、寒冷、孤独严重得多的困难，死神的阴影时刻相伴。然而，先民们前赴后继，在历尽了艰难险阻以后，胜利抵达彼岸，沟通了海洋两岸最初的文化交流。

船，在文明肇始之际就是一种开拓精神的象征。它让人以宽阔的襟怀击水穿浪，漂洋过海，而不是以凝止的姿态囿守一方，永远与黄土为伴。蓝色的海洋文化，冲击着黄色的内陆文化，给人们带来崭新的观念和宏大的气魄。

海洋生活的特征是动态的。无边无际的大海为人们提供了广阔的天地。凭借着船，人们勇敢地去开发海洋、征服海洋。

自古以来，沿海地区的渔民随着季节的更换，北上江浙鲁辽，南下闽广乃至更远的地方，一年的航程常常有数千里。而商船更是在非常广阔的范围内从事海外贸易，北达朝鲜，东至日本，南临印尼，西抵非洲，行程以万里计。沿海地区的人们天性豁达，他们的流动性、开放性、冒险性和进取性，是不甘心于现状的表现。即使是妇女，也与传统文化熏陶下的内陆妇女的柔顺平和、害怕流血、不愿破格迥然不同。她们在男人之间发生械斗时，会主动拿起武器交给男人，鼓励他们勇敢上阵，甚至也敢于和男人一样加入斗争的行列。在开放和动荡的环境里，人们养成了十分强悍的个性。

确实，性格是环境的产物。与自得其乐的桃花源似的农耕生活相比，海上生涯具有很大的冒险性。木制的帆船，当然难以抗御变幻莫测的海洋风暴。海难事故的出现十分频繁。人们时时刻刻感到自己是在与暴虐无度的海洋争夺着生命。每一次出海，都是一次生与死的拼搏。它要求每一个以海洋为生的人，具有将生命置之度外的勇气，否则，根本谈不上驾船出海，遑论冒险。

然而，宽阔深邃的大海，又以其无穷的奥秘，给人以极大的诱惑。以海外贸易而言，它的利润足可与冒险成正比例。所以，人们甘愿冒着生命的危险当一名弄潮儿，投身于波涛汹涌的海洋。于是，冒险成了沿海地区人们的基本性格。

直到现在，沿海地区的人们仍然比内陆地区的人们更早地进入世界经济文化大循环，更早领风气之先。

煮海熬波的精神，就是一种海的精神。

有一则寓言《揠苗助长》,家喻户晓。前人常常用它来讽刺那种不按照客观规律办事,急于求成的人,倡导一种按部就班的平稳节奏——其实这恰恰是内陆文化以农业生产为主体的特征。海洋文化却与此相反,总是在排斥苟安,挑战传统观念,在不断对外开放中求得变革。

我们不妨把目光投向世界。

就欧洲国家而言,物质生产最早发达的是英国、爱尔兰、法国等海洋文化国家,随即跟上的是德国、意大利等海洋文化、内陆文化掺半的国家,最后才是奥地利、波兰、俄罗斯等内陆性国家。

同样,在中国人聚居的地方,属于海洋文化圈的,包括中国台湾地区、中国香港地区、新加坡和长江三角洲、珠江三角洲地区,经济的发展也明显优于内陆地区。20 世纪 80 年代以来,以深圳、珠海为代表的沿海经济特区和经济技术开发区的成功,进入 21 世纪以来,上海浦东开发开放和自贸区建设的成功,不正是从一个侧面说明了问题?

陆文夫先生的代表作《美食家》,刻画了一个名叫朱自冶的苏州人,流连街巷,寻觅唇舌间美味的生命历程。其中有这么一节:

> 那时候,苏州有一家出名的面店叫作朱鸿兴,如今还开设在怡园的对面。至于朱鸿兴都有哪许多花式面点,如何美味等等我都不交待了,食谱里都有,算不了稀奇,只想把其中的吃法交待几笔。吃还有什么吃法吗?有的。同样的一碗面,各自都有不同的吃法,美食家对此是颇有研

究的。比如说你向朱鸿兴的店堂里一坐："喂（那时不叫同志）！来一碗××面。"跑堂的稍许一顿，跟着便大声叫喊："来哉，××面一碗。"那跑堂的为什么要稍许一顿呢？他是在等待你吩咐吃法：硬面，烂面，宽汤，紧汤，拌面；重青（多放蒜叶），免青（不要放蒜叶），重油（多放点油），清淡点（少放油），重面轻浇（面多些，浇头少点），重浇轻面（浇头多，面少点），过桥——浇头不能盖在面碗上，要放在另外的一只盘子里，吃的时候用筷子搛过来，好像是通过一顶石拱桥才跑到你嘴里……如果是朱自冶向朱鸿兴的店堂里一坐，你就会听见那跑堂的喊出一连串的切口："来哉，清炒虾仁一碗，要宽汤、重青，重浇要过桥，硬点！"

一碗面的吃法已经叫人眼花缭乱了，朱自冶却认为这些还不是主要的；最重要的是要吃"头汤面"。千碗面，一锅汤。如果下到一千碗的话，那面汤就糊了，下出来的面就不那么清爽、滑溜，而且有一股面汤气。朱自冶如果吃下一碗有面汤气的面，他会整天精神不振，总觉得有点什么事儿不如意。所以他不能像奥勃洛摩夫那样躺着不起床，必须擦黑起身，匆匆盥洗，赶上朱鸿兴的头汤面。吃的艺术和其他的艺术相同，必须牢牢地把握住时空关系。

事实上，在这段生动的文字的后面，还隐藏着一句潜台词：唱戏靠腔，吃面靠汤。假如朱鸿兴的头汤面里没有放淮盐，那就前功尽弃，什么美好的感觉都破坏了。

假如我们不健忘的话，一定记得，2011 年的某一天，许多地方的盐价突然猛涨。原来每包 1.5 元的食盐涨到了 10 元，很多人还抢着排队。商店里的食盐被买空了，商家只能紧急进货。

食盐引发恐慌的因素，是日本地震海啸造成核泄漏，媒体及民间盛传含碘物品可以预防核辐射，造成部分民众盲目抢购囤积碘盐。其实，缺盐的消息纯属谣传。部分不良奸商却乘机散播谣言，以牟取不正当的利益，导致暂时性断货。

后来，政府有关部门和专家向民众宣传，告诉大家不必担心食盐短缺，很快平息了风波。确实，中国食盐储备充足，各省都有国家级食盐储备，足够应付全国食盐供应。中国食盐资源丰富，海盐只是其中一部分，何况目前还没有受到核污染。中国是世界上湖盐矿产资源极其丰富的少数几个国家之一，岩盐矿床资源方面已查明储量大于 100 亿吨的岩盐矿床就有 10 余个。中国每年食盐消耗不过几百万吨……

但，从这个现象，我们已不难看出，食盐对于国计民生，有着举足轻重的作用，也折射出纷繁复杂的社会心态。

古往今来，盐被尊称为五味之首，其实道理很简单，因为盐始终发挥着中和的作用。中和，调和，以和为根本；和谐，和睦，以和为贵。盐的功能突出一个“和”字，延伸出去，那就是人和事业成，家和万事兴，国和邦亦固……

古往今来，围绕盐，发生了许许多多的故事，不妨来阅读几则。

据《梦溪笔谈》记载，海州知府孙冕是一个很有经济头脑的官员。他听说发运司准备在海州设置三个盐场，马上表示反对，并且提出了不少理由。后来，发运使亲自来海州商谈盐场设置之事，仍然被孙冕顶了回去。当地老百姓闻讯后，也拦住孙冕的轿子，纷纷向他诉说设置盐场的好处。孙冕耐心解释道：“你们不懂得作长远打算。官家卖盐虽然能获得眼前的利益，但如果盐太多卖不出去，三十年后就会自食恶果。”

然而，孙冕的警告并没有引起人们的重视。

他离任后，海州很快就建起了三个盐场。几十年后，徭役赋税增加了，但流寇盗贼也比过去增多，当地刑事案件也上升了。由于运输、销售颇不通畅，囤积的盐越来越多，盐场因亏损而负债，许多人都破了产。这时候，老百姓才开始明白，盐场建得太多了，确实会造成祸患。

在经济生活中，人们往往因趋利而不考虑后果。看到什么行当赚钱，就一窝蜂而上，捷足先登者也许能获利，步其后尘者往往自食恶果。这种现象，古今皆然。

佛经中有一个《百喻经》，其中一则是关于盐的，称作《愚者食盐喻》。故事说的是古时候有一个愚蠢的人，到别人家去做客。主人留他吃饭，他嫌菜肴太淡，味道不足。主人知道后，就在他菜里添了一点盐。他顿时感到菜的味道好多了，就自言自语道：“这味道所以这样美，是因为有盐的缘故。加了这一点尚且味道鲜美，如果再多加些，岂不更好！”

愚蠢的人便空口吃起盐来，结果吃得口干舌苦，悔恨不迭。

还有一则故事，就有些神话色彩了。说有一位老樵夫在山上发现了一眼可以让人变年轻的泉水，老樵夫只喝了一口，就变得年轻力壮。变回青年的樵夫回到家中，他那依然老迈的妻子欣喜若狂，再三盘问，然后也跑到泉水边去喝。樵夫在家中一边等妻子，一边想象着妻子变回少女后那娇美可人的模样，谁知左等右等，总是不见妻子的踪影，于是赶快出去寻找。樵夫来到泉边，没看到妻子，却发现一个女婴躺在妻子的衣服旁，正嚎啕大哭。

这个故事与愚者食盐异曲同工。愚者为求食物味美，因为贪心，反受其害；樵夫之妻本来想变成青春靓丽的少女，也因为贪心，竟变成嗷嗷待哺的婴儿，走向了另一面。

还有一则是发生在印度的故事。一个师傅对于徒弟不停地抱怨这抱怨那，感到非常厌烦。于是，有一天早上派徒弟出去取一些盐回来。当徒弟很不情愿地把盐取回来后，师傅让徒弟把盐倒进水杯里喝下去，然后问他味道如何。

徒弟吐了出来，说："很苦。"

师傅笑着让徒弟带着一些盐和自己一起去湖边。

他们一路上没有说话。

来到湖边后，师傅让徒弟把盐撒进湖水里，然后对徒弟说："现在你喝点湖水。"

徒弟喝了一口湖水。师傅问："有什么味道？"

徒弟回答："很清凉。"

师傅问："尝到咸味了吗？"

徒弟说："没有。"

师傅坐在这个总爱怨天尤人的徒弟身边，语重心长地说："人生的苦痛如同这些盐，有一定数量，既不会多也不会少。我们是否能承受痛苦的胸襟宽狭，会决定痛苦的程度。所以，当你感到痛苦的时候，不妨把你的胸襟放宽些——不是一杯水，而是一个湖。"

徒弟终于明白了。

相比于痛苦与幸福的命题，生死存亡的分量就重得多。

有一个故事说，很久以前，两个人随着逃荒的大军，背井离乡去外地求生。高个子男子是一个地道的庄稼汉，背着一袋食盐。矮胖子穿着阔气，一看就是个有钱人，背上背着一袋银子，矮胖子对高个子说："你外出逃荒，带着一袋盐有啥用？应该带银子上路，没有银子怎能买东西？"

"你别小看这袋盐，到了生死关头，它能救人命呢。你带这么多银子，能顶什么作用？很容易惹祸上身。"

"哼，到时候你自会明白，是什么有用！"

吃午饭时分，高个子进了一户人家的门。这家人也很贫困，每天只能半饥半饱地吃上一顿饭，加上野菜填填肚子。可是由于缺盐，主人同意用食盐换给他半碗熟菜。

一连几天，高个子没有换到大米饭，也没有沿街乞讨，却用食盐换到了炒熟的菜，充饥度日。矮胖子的命运跟他很不相同。他四处乞讨，无人理睬，想用银子买，也没有任何人愿意把维持生命的粮食卖给他。有人讽刺他说："命快保不住时，要银子有何用？你能将银子烧着吃，或用水泡着吃？"

没过几天，矮胖子被活活饿死了。他的尸体旁边，仍然摆放着一袋银子……

中国古典名著《镜花缘》的作者李汝珍，20岁时从家乡直隶大兴，来到古镇板浦（今属连云港）。兄长李汝璜在板浦任盐课司大使，给他提供了机会。不久，李汝珍娶了盐商许阶亭的侄女为妻。从此，他寓居板浦古镇，将近30年。

板浦是淮盐主产区之一，有淮北盐都之称。李汝珍来到板浦的乾隆年间，正是盐业鼎盛之时。板浦的郁州书院"为盐场所建，以课灶籍子弟"，藏书十分丰富。他拜当时海州有名的音韵学家凌廷堪（清乾嘉学派的中坚人物）为师，结交了海州一批盐官子弟与文人雅士。这些人在音韵学、数学、文学、诗词、围棋等方面各有造诣,为李汝珍写作《镜花缘》提供了很多便利。

《镜花缘》是一部奇特的作品。它以《山海经》为引子,描写了海外大千世界诸多离奇的国度和奇人怪事、奇风异俗、奇花异草、奇禽怪兽。李汝珍以夸张对比、生动含蓄的手法,深刻地揭露了社会的黑暗,提出了自己的改革主张。

从小说中,我们也能看出盐商的形象。

清代乾嘉之际,在盐业兴盛的同时也滋生着腐败。盐商与盐官狼狈为奸,千方百计中饱私囊。在白银哗哗流进盐商和官吏腰包的同时,也使板浦古镇出现了一派金玉其内、败絮其中的景象,盐商们争奇斗富,一掷千金,演绎了一出出人间闹剧。

《镜花缘》中有这样的描写:“小子而闻贵地世俗,最尚奢华,既如嫁娶、殡葬、饮食、衣服,以及居家用度,莫不失之过侈,此在富贵家不知惜福,妄自浪费,已属造孽,何况无力下民,只图目前适意,不顾日后饥寒……”这是君子国。

“酒肉和尚、沿街乞丐的脚下都登象征‘高贵之人’的‘五彩云’,唯有一官员,用绫子将脚下遮盖,因为其脚下生了灰色的‘晦气云’。凡生此云的,必是此人做了亏心之事,人虽被他瞒了,这云却不留情,在他脚下生出这股晦气,教他人前现丑,他是用绫遮盖,以掩众人耳目,哪知却是‘掩耳盗铃’……”这是大人国。

此外,还有贪图钱财的长臂国、好吃懒做的结胸国、变化无常的两面国、狼心狗肺的穿胸国等等。

李汝珍笔下的千奇百怪,其实在现实生活中都能找到活的影子。所以,作品才耐人寻味。

在艺术作品中的盐商，有肆意挥霍的，也有一毛不拔的。

昆曲传奇《一文钱》中，刻画了一个家产丰厚、富甲连城的卢员外。他信奉的格言是“财便是命，命便是财”，财跟命是不可以分开的。他爱财如命，吝啬成性，连妻子生了病也不管不顾，甚至让她到叫花子那里讨剩饭吃。

人们形容卢员外，“见了钱财，就像蚊子见了血一样”，马上会扑过去。有一天，卢员外在路上忽然捡到了一文钱。把它藏在哪儿呢？袖子里，靴子中，头巾下？似乎都有可能丢掉。

这一文钱，让卢员外算计了很久。他心想，我用这一文钱去买芝麻，可以买很多芝麻。买了芝麻还可以把肚子吃饱。但把芝麻买到手以后，他又怕人家看见，与自己分享，于是独自跑到山上，找一个没有人的地方偷偷地吃。

区区一文钱，却给卢员外的性格添上了极其传神的一笔。

这样的财主，对钱财有着无限的占有欲，对自己、对家人、对别人则是无限的刻薄，可笑而又可叹。连乞丐都忍不住嘲笑卢员外省俭得不如他们。

无独有偶，清代初年扬州盐商汪于门，也是吝啬得可笑。

知道汪于门的人，都说他一钱不使、二钱不用，数米而食，秤柴而炊，令人不可想象。为了保护自己的万贯家财，他别出心裁地请铁匠打造了许多“铁菱角”，下三角，上一角，非常尖利，如同刀枪一般。假如谁踩到了，都会鲜血直流。每天晚上，他总是把这些“铁菱角”布置在银库四周，天亮前再收回来。虽然十分辛苦，却乐此不疲，因为自己的家财没有受到损失。

孰料，明代末年，清兵攻入扬州城，大肆烧杀抢掠。汪于门辛苦积聚的大把银子，全部被充当军饷，什么都没留下。汪于门捶胸顿足，随即仆地而亡。

清末还有一个盐商名叫周扶九，更是一个在扬州家喻户晓的中国式“葛朗台”。

至今流传于民间的故事说，周扶九每天吃菜，只买一个铜板的盐豆子。为了尽可能买得上算，他走遍了扬州全城，挨个小店买盐豆子，一颗一颗地数，结果发现有一家的分量最多，一个铜板可以买 58 颗。从此他就总是去这家买，宁肯多走路。

周扶九经常去扬州三义阁澡堂洗澡，每次洗澡后，都要偷偷藏一条毛巾回家。事发后，周扶九的管家为顾全面子，请澡堂不要声张，由他按照周扶九洗澡的次数，每次赔偿一条新毛巾。周扶九每天早上都要去一家面店吃面，他吃的比常人多一倍，但只肯出一半钱。老板无奈，把情形告诉周夫人。周夫人想出一个办法，让面店老板仍按照半价收钱，但是到年终时，双倍还给面店。

周扶九有一个特别的存钱罐，在卧室中修筑一个夹壁，每晚从上面的小孔里塞入金条。可是他没想到，他的儿孙从夹壁下面，将金条一条条挖出来。不少人探讨周扶九致富的原因，得出的结论是“不用”。

但，周扶九在商业经营上的能力是有目共睹的。

第一次世界大战前后，眼看盐业凋敝，周扶九转向上海，做起了黄金买卖和地皮生意。几经沉浮，终于发了大财，在上海富豪榜上排名第三。不过，他口袋里有了大把的钱，仍然吝啬如故。例如，他从来不肯坐车，说：“南京路其平如砥，连家中地板都没那么光滑，这样好的路不走，岂不白白糟蹋了？”

周扶九于民国十年（1921 年）死于上海。他生前俭啬，丧事的排场却做得很大。据说，当时送葬的队伍在南京路上足足行走了三个钟头，花费的银子多达 20 万两。他生前坚守“不用”的信条，死后却只能由别人随便乱花了。

柴米油盐酱醋茶，开门七件事，全都是与吃有关的。一个人从出生到死亡，不管活得如何长短，每天都必须吃。春节无疑是中国人吃的盛大节日，家家户户为了吃一顿年夜饭，要准备好多天。结婚办喜事，最让人操心的不是新房布置，而是宾客的邀请，宴席的摆布。死了人则要吃豆腐饭，那白色素淡的菜肴既表示哀悼，也是对活人的某种告诫。至于朋友聚晤，旅游参观，求人办事等，则更要吃了。

所谓“应酬文化”，就这样产生了。

但，在越来越讲究物质享受的商品经济社会，应酬——人与人之间的交往，是必须支付成本的。很多人热衷于应酬，甘愿付出不菲的开支，目的是为了联络朋友感情，建立人际关系，然后解决某些问题，使自己在激烈竞争的环境中多多获得创造利益的机会，减少一分亏损。各种各样的应酬规矩约定俗成，且长盛不衰，其奥秘也正是在此吧？

只要稍稍观察一下，就可以发现，黄昏时分，很多人穿戴名牌服饰，乘坐轿车，体态优雅地走进富丽堂皇的酒楼，刚刚是一天工作的开始。在推杯换盏、脸酣耳热之际，思维分外活跃，劝酒令变得愈加俏皮而机智，充满了文学色彩。餐桌上，北极贝、深海鳕鱼、龙虾、大闸蟹、东星斑以及人工养殖的中华鲟，竞相登场。名酒名烟，更像是免费派送的，谁也不去考虑节节上升的价格。一般地说，应酬的最佳效果是把请来的朋友灌个酩酊大醉。这样，彼此之间就推心置腹，毫不设防了。

我的一位朋友是超级美食家。他从13岁进饭店当学徒，直至成为特级厨师，整整玩了半个世纪的红案、白案。有一阵子还闯荡欧洲，甚至把饭店都开到了匈牙利。做厨师的最大便利，就是吃。人家还没有吃到的，他先尝了，人家不敢吃的，他照样敢吃。鱼肉菜蔬，飞禽走兽，乃至怪鸟异虫，在他眼里无不是盘中美餐。

因为从小营养丰富，他的身体十分健康。腆起将军肚，骑着摩托车，风风火火。脸色永远是白白嫩嫩的，年届花甲，看起来像是40多岁。晚上只睡几个钟头觉，也不感到疲倦。

但，天有不测之风云。某年春夏交接时，他忽然觉得腹部隐隐作痛，去医院作检查，竟发现患了胰腺癌。医生给他动了手术，从腹部切除的东西足足一大盆。

出院后，我去看他，他瘦了许多，将军肚没有了，人反而显得挺拔。他说，自己得病的原因，是吃喝太多，损害肝胆，殃及胰腺。然而也因为吃，身体底板好，能够抵御九死一生的癌症。

这些年，星级饭店如雨后春笋，不知形成了多大的消费链，催发了多少与之相关的行当：礼品、抵用券、名牌服饰、珠宝、字画、保健食品……可是，谁曾思量，应酬之酬——应酬的成本要不要计算，该如何去计算？

不为物欲所役，不为流风所迷，在寻求物质富裕的过程中始终保持精神的高尚，确是一个难题。

对于今天的人们，富贵已经成为一种病，既是冠心病、高血压和脂肪肝，更是一种每个人都难以免疫的传染病，一种让人志得意满、神采飞扬，一旦染上后就永不满足，像个陀螺似的旋转的病。

请看看我们的身边，一家路边店便以“总汇”自诩，一幢新楼房便以“豪宅”自称，一个小公司便冠以“环球”“世界”的名谓。富豪、至贵、尊爵之类的名词更是铺天盖地。似乎只要稍稍谦虚些，就被无情的市场淘汰了。然而，总让人感到，这像是涂满了厚厚脂粉的女人，寻不到她本来的面目。

在好多年前的25届奥运会上，主办城市巴塞罗那市的市长，说过这样一段意味深长的话：

> 我们要求下届奥运会办得更好，使体育不沦为文化傲慢的牺牲品，使文化不沦为金钱傲慢的牺牲品，使城市不沦为商品傲慢的牺牲品。

无疑，他是在告诉人们，应该避免富贵病的传染。

记得当年在阳澄湖畔的乡下插队，没有钱买菜，黄梅季节偷偷去稻田里倒鳝笼，抓到了好几条黄鳝，杀掉后，连血水都几乎没洗净，便放在镬子里用清水煮熟，全部佐料仅仅是一把粗盐。可是那种鲜味，到今天都令人怀念。

人类赖以生存和发展的基本物质，是水、火、盐。人的基本需求，其实非常简单……

古往今来，人们对于味蕾感觉的描述，创造了太多的词汇。诸如大快朵颐、味如醯醢、恍若嚼蜡等等，最常见的则是酸、甜、苦、咸，以及一个被认定不久的鲜。不过，老祖宗却告诫我们“五味乱口”，甜、酸、苦、辣、咸一同吃在嘴里，味蕾就失去感觉了。什么才是至味、美味、真味？依我所见，在过分依赖人工合成元素的当下，不为任何佐料掩盖的滋味，才是值得推崇的。

须臾难离的水，无色无味，饮用时该有任何添加吗？诱人的大米饭，晶莹莹，热腾腾，何必再添油加酱？至于那些称之为美味佳肴的食物，例如阳澄湖大闸蟹，在老饕们看来，是根本不需要厨师的精心烹饪，也不需要姜醋的，那只会干扰了蟹味的纯真。

造物主赋予我们的舌头，尤其是集中在舌头表面的味蕾，总是那么敏感，连一丝丝差异都能区分。饥不择食时，味蕾可能屈居末位，任你狼吞虎咽，所谓饿极糠如蜜。但，一旦肚子填饱了，它顿时又活跃起来。舌尖上那些额外的味蕾，鼻子中的嗅上皮细胞，也随之被调动，开始了滋味的探索之旅。孔老夫子的“食不厌精，脍不厌细”，不正是为了满足味蕾的充分享受吗？

在中国人的烹饪理论中，鲜是高于一切的。

汉语中的象形字“鲜”，告诉我们鱼和羊放在一起烹制，会产生特别鲜美的滋味。两个字的组合，就指代了一种最基本的品味原则。苏州人说得很夸张：“鲜得要落脱眉毛哉！”仔细看看，以美食家著称的苏州人，眉毛似乎没见残缺。鲜，是可以有很多种理解的，鲜嫩、鲜美、鲜亮。纯真的鲜，是食物与生俱有的，跟细结、紧致、嫩滑相关。一个好的厨师，首先要懂得选料。色、香、味、形之类，不过是为了寻求附加值。什么叫作原汁原味？无非是不依赖调味料。或者说，只要少许放一点盐，吊吊鲜头，就完全足够了。

古希腊哲学家苏格拉底的朋友，曾经到德尔菲神庙请示神谕。他们询问，苏格拉底是不是希腊最聪明的人？神谕的回答一点也不含糊。苏格拉底知道后，却感到惊诧，因为他一向以无知自居。于是，他四处去寻找聪明人，与他们对话，以证明他们比自己聪明，而神谕错了。在寻访很多人以后，他发现，那些聪明而有智慧的人，都虚有其表。

苏格拉底终于悟出了神谕的含义：一个人之所以被神说成是最聪明的人，并不是因为他有知识、有智慧，而是因为他知道自己无知。一个认为自己有智慧的人，不会再去追求智慧；一个知道自己无知的人，则会尽力去追求智慧。

哲学的智慧，不正是承认自己没有智慧的那种智慧吗？

海的结晶

犹如默默存在的盐。

只要活着，人们谁也离不开盐。几千年来，对于食盐的需求，由生存、生理的层面渐渐扩展到饮食调味的需求、精神世界的需求，乃至成为一种社会文化审美的需求。

古老如盐，穿透历史，横贯岁月；

质朴如盐，洁白无瑕，甘于奉献；

智慧如盐，结晶思想，蕴含哲理。

有一种盐，能让一年三百六十五天都变得有滋有味。

它，是人的精神升华到一定境界的结晶。

文化如盐（代后记）

文化究竟是什么?

一千个人会有一千种回答，尤其是在大家都想用文化体现“软实力”，增强竞争力，文化迅速时髦起来的时候。

文化，一般来说是指一个国家、一个民族或一个地区的历史、地理、风土人情、传统习俗、生活方式、文学艺术、行为规范、思维方式、价值观念等等。文化具有经验性和感性的特征，所以不可避免地为时空所局限。这种局限性，又使得文化总是不断面临新的挑战，常常表现为传统文化与现代文化、一种文化与另一种文化间的差异和冲突。

这样说，未免概念化。

当我埋首于《煮海成玉——盐，文化的结晶》一书的写作时，有一天午夜梦回，聆听窗外蛙鸣，忽然间悟通了文化如盐的道理。文化，就像是日常生活中不可或缺的盐。它并非深不可测，高不可攀，而是那么平凡、平易，无处不在。古往今来，文化的涓涓脉流有直曲、有盛衰、有清浊，却始终不曾中断，恰如食盐。它是岁月时光积淀、骄阳海水熬制的结果，却悄然溶解于水,渗透于物。它自身不必成为一道主菜,却能让满桌的菜肴提鲜增色,变得有滋有味。它并非权势,也很难创造 GDP,却具有巨大的凝聚力、融合力,足以归顺诸多的桀骜不驯……

众所周知,“文革”十年严重破坏了文化。改革开放后,我们开始重建文化,但随之而来的偏颇是文化跃进,盲目地在断层中填充掺杂,打乱了健康正常、自然有序的文化传承关系,出现了诸多伪文化、非文化乃至反文化现象。

静心想一想,我们不难发现,生活中并不缺少文化。伴随时代的进步和生活的改善,芸芸众生在市场经济那一双看不见的手的策动下,迅速走出饥渴状态,满足着自己的文化好奇,让日子变得不再干瘪乏味。也许,“俗文化”的繁盛,比起“负文化”的迷失、“无文化”的蒙昧,是一种不小的进步。

但,一哄而起的文化发烧,必然会带来很多负面影响。且以小城镇建设为例,20 世纪 90 年代以来,各地从改善老百姓的居住环境起步,很快提升到了对城镇文化形象的重视。“全球化”概念,又促使人们把目光瞄准城镇自身的文化价值,开始懂得城市文化是一笔巨大的财富,能吸引外资投入并且生根。古镇周庄开发旅游的成功范例,又使人们明白,文化与旅游业的兴盛紧密相关。

然而,由于人们对城镇的历史精神和文化个性缺乏深入的了解与把握,急于求成,急功近利,伴随着“新造城运动”,鲁莽的旅游性破坏和规划性破坏现象屡见不鲜。同质化更是成了一种四处蔓延的通病。哪个城市都是行政中心加一个大广场,哪个广场都有一座图解政治概念的雕塑,哪条马路两侧的建筑都似曾相识。不仅仅千城一面,连历史悠久的江南古镇,其形象标识也无法逃脱“天堂”“梦幻”“水乡”“第一”这类主题词，原有的文化个性反而被渐渐湮没了。

或许正是这样，当我来到浦东新区新场镇，听廖世鸿先生从文化的角度讲述古镇的保护、开发理念时，不由被深深打动了。从浦东新区和新场镇的领导，到古镇投资开发公司的领导，他们的思路很清晰，不片面追求速度，不急于索求投资回报，甚至暂不考虑有多少游客量，从古镇自身的文化特色和个性出发，做好一些对得起昨天、今天、明天的事情，使新场真正成为活着的古镇。

是的，水乡古镇，作为一种独特的文化遗址，是居民们生产、生活的所在。人们世世代代创造了这个空间形态，也经营着这个活动空间。古镇的文化元素，体现在建筑、交通、习俗、方言、服饰、饮食等诸多方面，既是长久积淀而成，又是一种鲜活的形态，堪称“活的文化”。从本质上说，要保护古镇，首先要保护古镇居民的这种“活的文化”，让他们按照原有的方式生活。那是一种恒定、安逸的生活，不奢华，却舒适，不匆忙，却惬意，人们在狭小而又熟悉的老街完成商品买卖、亲邻交往、休闲娱乐，甚至终老一生。所以，真实性成为古镇文化的基本特征，成为鉴别文化遗产价值的本质因素。

低碳，是一个人所共知的流行名词，不只适合于经济，也适合于文化。泱泱中华，历史文化积淀深厚，资源丰富，自不必说。然而，在对文化资源开发、文化与经济整合的过程中，我们必须坚持可持续发展的原则，尊重文化发展规律，树立生态文化的思想，千万不能搞“文化大跃进”，将文化仅仅作为点缀和摆设，重形式而轻内涵、轻品质、轻精神。低碳的文化才是持久的。

文化自身可以也应该成为一种产品，在市场上畅销，然后获得良性循环。但，一旦把金钱数额作为衡量成功与否的标准，文化难免会变异。在本源上，文化是精神财富，以能给人类带来审美愉悦为至高标准，与物质财富有着显而易见的区别。可惜在很多人眼里，文化仅仅是经济的依附品，处于从属地位。一个“文”字，早已被大卸八块，然后垒成一个舞台，任随经济去纵横捭阖。

君不见，很多人在以文化的名义，从事经济活动。他们发现，什么样的行业都在设法赚钱，独立于精神层面，看起来与金钱、物质不搭界的文化，恰恰能开发出更多资源。拥有人们共同情感记忆的文化，它的无形资产不可估量。

急功近利的结果，只能是粗俗化。看起来是繁荣了，热闹了，却让更多的艺术家耐不住坐冷板凳的寂寞，纷纷投身于经济大潮。谁还能坚持十年磨一剑？精品早已罕见，遑论传世之作。充斥于市的是光怪陆离的、从流水线上掉下来的东西。试问，这几年足以震撼 13 亿人心灵的艺术作品（不管哪个门类），出现了多少？文化的清高、文化人的清高、文化艺术品的清高，曾几何时竟显出了贬义？

人类不仅发明了原子弹和氢弹，顷刻之间就能炸毁几十个地球，还发明了克隆技术，足以把自己的躯体复制出来。但，我们往往会像森林中的动物，互相追逐、殴斗，却无法像它们那样平静而又快乐地生活，于是常常叹息：真累，真烦，真没有意思！活在这个世界上，我们原本是不需要太多物质财富的，不断滋生的欲望却催逼着自己，给生命追加无穷无尽的负担。孰料，随着时间的流逝，一切资源都有可能枯竭，唯有文化像江河一样生生不息，渗透人们的心灵。就像那如珠似玉的盐，纯粹，素朴，宁静，永恒。

人生的文化乐趣，正是我们受到环境重压而失去的一种最重要、最普通的东西啊！

陈　益

2014年盛夏于娄江畔

图书在版编目(CIP)数据

煮海成玉:盐,文化的结晶/陈益著.—上海:上海人民出版社,2015
ISBN 978-7-208-12839-2

Ⅰ.①煮… Ⅱ.①陈… Ⅲ.①散文集-中国-当代 Ⅳ.①I267

中国版本图书馆CIP数据核字(2015)第043994号

责任编辑 黄玉婷
封面设计 储 平
封面题签 陈 益

煮 海 成 玉
——盐,文化的结晶
陈 益著
世 纪 出 版 集 团
上海人民出版社出版
(200001 上海福建中路193号 www.ewen.co)
世纪出版集团发行中心发行 上海商务联西印刷有限公司印刷
开本 890×1240 1/32 印张 7.25 插页 2 字数 145,000
2015年3月第1版 2015年3月第1次印刷
ISBN 978-7-208-12839-2/I·1353
定价 28.00元